STAR WARS™

Texte de Matt Forbeck.
D'après une histoire de John Knoll et Gary Whitta
et le scénario de Chris Weitz et Tony Gilroy.

Traduction : Lucile Galliot.
Conception graphique du roman : Claire Besset.

Hachette Livre, 58, rue Jean-Bleuzen, CS 70007, 92178 Vanves Cedex.

ROGUE ONE
A STAR WARS STORY
hachette
JEUNESSE

IL Y A BIEN LONGTEMPS,
DANS UNE GALAXIE LOINTAINE,
TRÈS LOINTAINE....

CHAPITRE 1

Jyn Erso se rappelle avec précision le jour où l'Empire a détruit sa vie. Elle n'est encore qu'une petite fille de huit ans vivant avec ses parents – Galen et Lyra – sur Lah'mu, une planète reculée, aux antipodes de la maison luxueuse qu'ils possédaient auparavant sur Coruscant, le monde-capitale de l'Empire.

Lorsque la navette impériale traverse le ciel au-dessus de sa tête, Jyn comprend qu'elle annonce de graves ennuis. Elle rentre en courant prévenir ses parents, mais ils sont déjà occupés à faire leurs bagages.

– Jyn, rassemble tes affaires, commande son père.

Ils se sont entraînés un nombre incalculable de fois pour ce jour. Lyra active la console comm familiale.

– Saw, ce qu'on prévoyait est arrivé. Il nous a retrouvés, déclare-t-elle.

Avant de partir, Jyn embrasse son père une dernière fois.

– Je t'aime, ma Nébuleuse, dit Galen.

– Je t'aime aussi, papa.

La navette atterrit et six death troopers équipés d'armures noires étincelantes en émergent. Ils escortent un officier impérial vêtu d'une cape et d'un uniforme blancs. Jyn le reconnaît. Il a travaillé avec son père sur Coruscant. Son nom est Orson Krennic.

Lyra prend sa fille par le bras et l'entraîne vers la porte de derrière pendant que Galen va accueillir les visiteurs. Une fois hors de vue, Lyra retire son pendentif et l'attache au cou de Jyn. Le cristal Kyber qui y est suspendu scintille dans la lumière.

– Tu sais où tu dois aller ?

Jyn hoche la tête.

– Aie confiance en la Force, ajoute sa mère en la serrant dans ses bras.

Jyn comprend que c'est sa façon de lui dire au revoir.

Au lieu de courir se mettre à l'abri comme ses parents le lui ont ordonné, elle décide de suivre discrètement sa mère, qui retourne observer la confrontation entre son père et Krennic.

– Que voulez-vous ? demande Galen.

– On a besoin de vous, répond l'Impérial. Le projet n'avance pas.

– Ne comptez plus sur moi, Krennic.

– Nous étions sur le point d'aboutir. Nous étions à deux doigts d'apporter la paix et la sécurité à toute la galaxie.

– Vous confondez la paix et la terreur.

Krennic hausse les épaules.

– Il faut se donner les moyens de ses ambitions.

Lyra les rejoint à cet instant. Déconcertée par la tournure des événements, Jyn observe la scène, horrifiée. Les death troopers dirigent leurs blasters vers sa mère, mais Krennic leur ordonne de ne pas tirer.

Soudain, Lyra dévoile l'arme qu'elle dissimulait et la pointe sur Krennic.

– Vous ne l'emmènerez pas ! affirme-t-elle.

– Non, pas lui seul, évidemment, répond Krennic avec un sourire. Je vous emmène tous. Tout le monde vient. Vous, l'enfant… Vous serez très bien traités.

– En tant qu'otages, rétorque Lyra.

– Avec tous les égards dus à des héros de l'Empire.

Lyra refuse de baisser son arme.

– Vous ne gagnerez jamais, dit-elle.

Krennic en a assez entendu.

– Allez-y ! ordonne-t-il aux death troopers.

Les soldats d'élite ouvrent le feu, mais Lyra parvient à toucher Krennic à l'épaule avant de s'écrouler. Si Jyn sait que l'officier impérial s'en remettra, elle pressent que sa mère n'aura pas cette chance.

Galen rattrape Lyra avant qu'elle ne touche le sol et tombe à genoux, entraîné par son poids et terrassé par le chagrin.

– Ils ont une fille ! indique Krennic en serrant les dents de douleur. Trouvez-la !

Jyn s'enfuit aussitôt, sans un regard en arrière.

Après avoir atteint une grotte creusée dans les collines, elle soulève une trappe dissimulée à l'intérieur et se glisse dessous avant de la refermer sur elle.

Immobile et silencieuse, elle épie à travers une fissure et retient son souffle lorsque les death troopers lancés à sa poursuite passent devant la grotte. Une fois la menace éloignée, elle rampe au fond de la cachette et attend qu'on vienne la chercher, conformément aux instructions.

Elle reste là pendant des heures, toute seule. À un moment, une odeur de fumée vient lui titiller les narines. Il s'agit de l'incendie qui – elle l'apprendra plus tard – est en train de dévorer sa maison. Puis il lui semble entendre le bruit de la navette qui s'éloigne, mais elle sait qu'elle ne doit pas bouger avant qu'un de ses parents vienne la chercher.

Mais… et si cela ne devait jamais arriver ? Que se passera-t-il si sa mère est déjà morte et que son père a été enlevé par les death troopers ?

Elle allume une lampe et fait de son mieux pour ne pas se décourager.

Soudain, un bruit se fait entendre au-dessus d'elle. Ce sont des pas qui se rapprochent. Quelqu'un est entré dans la grotte.

Un instant plus tard, la trappe s'ouvre, et l'homme auquel Lyra a parlé sur la console comm baisse les yeux vers Jyn. Saw Gerrera.

– Viens, mon enfant, dit-il en lui tendant la main. Nous avons un long chemin à parcourir.

Voilà déjà de nombreuses années que se sont déroulés ces événements. Beaucoup de choses se sont produites depuis. Elles se sont succédé jusqu'à ce que Jyn se retrouve là où elle est maintenant : dans une prison impériale.

En tant que membre de l'Alliance rebelle, Cassian Andor a commis toutes sortes d'actes horribles au nom de la lutte contre l'Empire galactique. Bien loin de le jeter en prison pour ces crimes, les commandants de l'Alliance l'ont promu au rang de capitaine et ont continué de lui confier des missions toujours plus difficiles.

La dernière ne déroge pas à la règle : il a été envoyé à l'Anneau de Kafrene, une paire d'astéroïdes géants tourbillonnant en tandem dans l'espace. Autrefois, quelqu'un les a reliés l'un à l'autre pour établir le comptoir commercial le plus minable de la région. Cassian doit y rencontrer un espion, appelé Tivik, censé détenir des nouvelles explosives à propos de Jedha, un ancien lieu de culte dédié à la Force.

Le rendez-vous a lieu dans une impasse. Tivik tremble de la tête aux pieds, son bras blessé serré contre lui. Il semble si nerveux que Cassian craint qu'il file avant d'avoir dit quoi que ce soit. Mais finalement, une fois la bouche ouverte, plus rien ne semble pouvoir l'arrêter :

– Hier, un pilote impérial – un de ceux qui sont affectés au transport de marchandises – a déserté. Il dit que l'Empire est en train de mettre au point une arme terrible. Ce serait pour ça qu'ils veulent des cristaux Kyber.

– Quel genre d'arme ? exige de savoir Cassian, méfiant.

– Un vaisseau tueur de planètes. C'est ce qu'il aurait dit.

L'informateur lui explique ensuite que le pilote a été envoyé par Galen Erso, un vieil ami de Saw Gerrera. Tivik exprime sa colère contre l'Alliance pour avoir si peu soutenu Saw dans son combat contre l'Empire.

– Saw a raison. Il y a des espions partout…

La phrase de Tivik reste en suspens lorsqu'il voit deux stormtroopers s'engager dans la ruelle.

Ils s'avancent vers Tivik et Cassian et réclament de voir leurs scans d'identification.

Cassian plonge la main dans sa poche, mais au lieu d'en tirer ses papiers d'identité, il sort son blaster équipé d'un silencieux et l'utilise pour abattre les deux stormtroopers.

Tivik recule, horrifié.

– Non ! Qu'est-ce que tu as fait ?!

Un troisième stormtrooper apparaît au bout de la ruelle. Plutôt que de passer à l'attaque, le soldat appelle des renforts :

– Des troopers abattus. Secteur 9.

Cassian inspecte l'impasse à la recherche d'un moyen de s'échapper. Se hisser par-dessus le mur ne devrait pas lui poser de problème. Avec son bras blessé, Tivik n'a, lui, aucune chance de s'en sortir.

Cassian ne peut pas permettre que l'informateur soit capturé. L'homme finirait certainement par parler, et si l'Empire venait à apprendre ce qu'il sait…

Le rebelle n'a pas le choix : il lève son blaster et tire sur Tivik. Stupéfait, le stormtrooper regarde l'homme s'écrouler.

Cassian en profite pour escalader le mur le plus proche. Il n'a pas une seconde à perdre s'il ne veut pas avoir à retourner son blaster contre lui.

Jyn s'est résignée à l'idée de vivre en prison. Après tant d'années passées à courir d'un lieu à un autre, c'est presque un soulagement pour la jeune femme de ne plus avoir à fuir, en fin de compte.

De plus, d'après ce qu'elle a vu jusqu'à maintenant, s'échapper de cette prison s'avère compliqué. Par ses propres moyens en tout cas.

En route pour un chantier où elle doit effectuer des travaux forcés en compagnie d'autres prisonniers difficiles, Jyn observe les trois stormtroopers qui les surveillent à l'arrière, lorsque le véhicule s'immobilise. Un instant plus tard, une grenade magnétique souffle la porte du transport, et un homme armé s'engouffre à l'intérieur en criant le nom de Liana Hallik.

Jyn connaît ce nom. C'est celui qu'elle utilisait au moment de son arrestation. Elle préfère toutefois garder le silence.

Mais le soldat qui entre en second la reconnaît.

– Tu veux sortir d'ici ? demande le premier.

Jyn hoche la tête, hésitante, et un troisième soldat s'avance pour lui retirer ses menottes. L'un de ses codétenus tend les mains à son tour.

– Hé ! Et moi ? s'écrie-t-il.

Jyn profite de la diversion ainsi créée pour envoyer un coup de pied dans le ventre d'un premier soldat, en assommer un deuxième et repousser brutalement le troisième. Si ces idiots ont trouvé un moyen de la libérer, elle compte bien en profiter, mais elle refuse de se retrouver coincée avec eux.

Jyn s'élance vers la porte du véhicule, mais un immense droïde de sécurité impérial en métal noir lui barre la route. Il la dévisage de ses yeux lumineux, puis il la saisit par le col et la plaque violemment contre le sol.

– Félicitations, dit-il d'une voix masculine de synthèse. Vous êtes sauvée. Veuillez ne pas résister.

CHAPITRE 2

Jyn ne tarde pas à découvrir que les soldats qui l'ont « sauvée » travaillent pour l'Alliance rebelle. Mais la jeune femme se sent encore prisonnière. Moins d'un jour plus tard, les rebelles la livrent au quartier général de l'Alliance sur une lune verte située en orbite d'une géante gazeuse appelée Yavin.

L'homme qui supervise son interrogatoire se présente comme étant le général Draven. Il est accompagné d'un autre chef rebelle à la voix grave, le général Dodonna. Un troisième homme se tient non loin. Les cheveux sombres, la silhouette mince et les joues assombries par une barbe naissante, il a le regard d'un homme prêt à tout pour mener l'Alliance à la victoire.

Draven passe en revue la liste des infractions qui ont conduit Jyn dans les geôles de l'Empire. La jeune femme ne se montre pas impressionnée. Elle sait parfaitement les crimes qu'elle a commis.

– Tu imagines si les autorités impériales avaient découvert ta véritable identité… Jyn Erso ?

Jyn s'efforce de ne pas tressaillir en entendant son nom de naissance. Même s'ils connaissent cette information, rien ne dit qu'ils en savent davantage.

– C'est ton vrai nom, n'est-ce pas ? Jyn Erso, fille de Galen Erso, bien connu pour avoir collaboré à divers projets d'armement au profit de l'Empire.

Jyn est sous le choc. Elle a passé la majeure partie de sa vie à tenter de fuir la réputation de son père, et elle a peur de ce que les rebelles pourraient lui demander maintenant qu'ils ont découvert son secret.

– C'est quoi, ces questions ? demande-t-elle sur un ton sec.

Mon Mothma – une humaine aux cheveux courts, ancienne sénatrice de Chandrila – émerge de l'ombre pour lui répondre :

– L'occasion pour toi de prendre un nouveau départ. Nous pensons que tu peux peut-être nous aider, explique-t-elle avant de désigner l'homme mystérieux. Capitaine Cassian Andor, des services de renseignement de la Rébellion.

Cassian s'avance et toise Jyn d'un regard acéré.

– Quand as-tu été en contact avec ton père pour la dernière fois ?

La question prend Jyn de court. On finit par perdre la notion du temps quand on passe sa vie à fuir.

– Ça va faire quinze ans, estime-t-elle.

– Et tu ne sais pas ce qu'il a pu devenir depuis ?

– Je n'en ai aucune idée. Je préfère croire qu'il est mort. C'est plus facile.

– C'est mieux que s'il avait été un instrument de la machine de guerre impériale ?

Jyn refuse de se laisser intimider.

– Je n'ai pas eu le loisir d'avoir des opinions politiques.

Cassian laisse échapper un grognement sarcastique.

– Vraiment ? Tu n'as plus aucun contact avec Saw Gerrera ?

Jyn se raidit. Ils en savent décidément beaucoup sur elle.

– Ça fait très longtemps.

– Mais il ne refuserait pas de te voir, si ? Si tu lui rendais une visite amicale ?

Jyn estime préférable de garder le silence.

Le général Draven s'avance alors vers elle.

– Nous sommes dans une course contre la montre, petite. Si tu restes muette, on va te ramener où on t'a trouvée…

La menace fonctionne et la langue de Jyn se délie aussitôt :

– J'étais petite. Saw Gerrera m'a sauvée et s'est occupé de moi, mais je ne sais pas où il est. Je ne l'ai pas vu depuis des années.

– Nous savons où il se trouve, rétorque Cassian. Ce n'est pas ça, le problème. Il nous faut quelqu'un qui puisse arriver jusqu'à lui sans se faire abattre.

Jyn fronce les sourcils, perplexe.

– Vous êtes dans le même camp que lui, non ?

– Oui. Mais Saw Gerrera se bat seul depuis qu'il a rompu avec la Rébellion, explique Mon Mothma. Sa radicalité n'a pas été sans nous causer beaucoup de soucis. Nous avons décidé de reprendre contact pour essayer de rétablir la confiance.

– Qu'est-ce que mon père a à voir là-dedans ?

D'un signe de tête, Mon Mothma autorise Cassian à répondre :

– Sur Jedha, un déserteur de l'Empire – un pilote – est entre les mains de Saw Gerrera. D'après lui, l'Empire aura bientôt une nouvelle force de frappe. Une arme capable d'anéantir des planètes. Et ce pilote prétend que c'est ton père qui l'a envoyé.

– Il semblerait qu'il joue un rôle essentiel dans la conception et la construction de cette arme, ajoute Mon Mothma. Vu la gravité de la situation et ta relation particulière avec Saw, nous espérons que tu vas pouvoir nous aider à retrouver ton père et à l'amener au Sénat pour qu'il témoigne.

Un quatrième homme les rejoint. Jyn le reconnaît pour l'avoir déjà vu aux informations : Bail Organa, le sénateur d'Alderaan. Selon certaines rumeurs, Organa travaillerait secrètement avec l'Alliance. Sa présence ici semble leur donner raison.

– Et si j'accepte ? demande Jyn.

– Nous te garantirons la liberté, lui promet le sénateur.

Jyn n'a pas plus de sympathie pour la Rébellion que pour l'Empire, mais elle aime l'idée de pouvoir tourner définitivement la page. S'il faut pour cela aider l'Alliance à trouver Saw et son père, elle est prête à le faire.

Cassian raccompagne Jyn jusqu'à l'U-wing de ses sauveteurs. Il n'est pas particulièrement enthousiaste à l'idée d'emmener la jeune femme avec lui, mais sans elle à ses côtés, Saw Gerrera et ses hommes risquent de lui tirer dessus à vue.

Ce qui le dérange, ce n'est pas tant son manque d'expérience comme soldat rebelle ou comme espion mais le fait qu'elle se fiche pas mal de la Rébellion ; et ça, il le craint, pourrait se retourner un jour contre eux.

Le général Draven les suit à l'extérieur du hangar et fait signe à Cassian qu'il souhaite lui parler en privé. Le rebelle laisse Jyn à la garde de K-2SO, le droïde impérial reprogrammé qui a participé à sa libération.

– L'Empire a besoin de Galen Erso pour achever ce programme, explique le chef militaire à voix basse. Oubliez ce qui a été dit tout à l'heure. Il ne sera pas exfiltré. Quand vous l'aurez trouvé, tuez-le. Sur place et sur-le-champ.

Cassian prend soin de garder un visage impassible. Il ne veut pas que le général Draven voie à quel point ce genre de mission lui répugne. Il accepte de tuer lorsque c'est nécessaire, mais il a toujours du mal à recevoir l'ordre d'assassiner quelqu'un.

Lorsqu'il retourne à l'U-wing, Cassian remarque que Jyn pose un regard noir sur K-2SO. Le droïde est déjà installé aux commandes du vaisseau.

– Tu as fait la connaissance de K-2 ? demande-t-il à la jeune femme.

– Charmant.

– Il a tendance à dire tout ce qui lui passe par les circuits. C'est un des effets secondaires de la reprogrammation.

– Pourquoi a-t-elle un blaster, et pas moi ? interroge le droïde depuis le cockpit.

– Quoi ?

Cassian décoche un regard réprobateur à Jyn.

– Je sais m'en servir, déclare-t-elle, l'air hautain.

– C'est bien ce qui me fait peur !

La dernière chose dont il ait besoin, c'est qu'elle s'échappe après lui avoir tiré dans le dos.

– Donne-moi ça, ordonne-t-il, la main tendue.

Elle s'appuie contre le dossier de son siège et secoue la tête.

– On va sur Jedha. C'est une zone de guerre. La confiance, c'est à double sens.

Elle n'a pas tout à fait tort et semble déterminée à ne pas lâcher l'affaire. Cassian n'a ni le temps ni l'énergie de se disputer avec elle. Haussant les épaules, il va s'asseoir près de K-2SO dans le cockpit.

Le droïde n'arrive pas à le croire.

– Tu lui laisses son arme ? Tu veux savoir quelle est la probabilité qu'elle s'en serve contre toi ?

Cassian fait de son mieux pour ignorer K-2SO et prépare le décollage.

– Elle est élevée, très élevée, marmonne le droïde.

Bodhi Rook passe une journée désastreuse. Après des semaines de réflexion, il a enfin réussi à élaborer un plan pour déserter l'Empire, mais les gens que Galen Erso lui a demandé de contacter n'ont pas cru un seul mot de son histoire.

Les soi-disant rebelles l'ont livré à un mercenaire tognath surnommé Deux Tubes. Bodhi suppose que ce nom lui vient de l'appareil respiratoire dont il est équipé. Censé le conduire jusqu'à Saw Gerrera – l'homme à qui est adressé le message de Galen –, Deux Tubes a d'abord insisté pour qu'il soit ligoté et qu'un sac lui soit enfilé sur la tête.

Après des heures de marche, le voilà à genoux sur un sol rugueux. Non loin, un homme pousse des cris de colère. Bodhi doit faire de son mieux pour ne pas trembler.

– Mensonges ! Désinformation !

Va-t-il être abattu pour trahison avant même d'avoir pu délivrer son message ?

– Voyons ça, dit l'homme. « Bodhi Rook. Pilote de cargo. »

Ses ravisseurs le forcent à se mettre debout.

– Un gars d'ici, hein ? demande l'homme.

Deux Tubes répond en tognath, mais Bodhi comprend parfaitement sa langue.

– *Il avait ça dans sa chaussure lorsqu'on a l'a capturé.*

Il doit parler de l'holopuce que Galen lui a confiée.

– Je n'ai pas été capturé, proteste le pilote. Je suis venu de mon plein gré. J'ai déserté !

– Tous les jours, de nouveaux mensonges… rétorque l'homme face à lui.

– Des mensonges ? Je risquerais ma peau pour des mensonges ? Bon, on n'a pas le temps… Il faut que je parle à Saw Gerrera avant qu'il soit trop t…

Soudain, quelqu'un lui retire le sac qu'il porte sur la tête, et Bodhi comprend que l'homme devant lui ne peut être que Saw Gerrera. Son visage est vieux et fatigué. Sa barbe est blanche à certains endroits et un masque à oxygène pend devant son armure.

– D'accord. Vous, euh… bégaie-t-il avant de poursuivre à mi-voix : j'ai quelque chose pour vous.

Saw reste muet. Il se contente de fixer Bodhi, le regard vide.

– Galen Erso, ajoute Bodhi.

Il espère que ces mots magiques parviendront à convaincre Saw qu'ils sont du même bord.

– Il m'a dit de venir vous trouver, poursuit-il.

Saw place le masque à oxygène sur son visage et prend une profonde inspiration sans quitter Bodhi des yeux. Puis il dit deux mots à Deux Tubes. Un nom, devine Bodhi, bien qu'il lui soit inconnu.

– Bor Gullet.

– Bor Gullet ?

Sa tête disparaît à nouveau dans le sac, et quelqu'un s'empare de lui pour l'entraîner hors de la pièce.

– Quoi ? Non… Attendez ! C'est Galen Erso qui m'envoie !

Mais Saw et ses amis ne semblent pas s'en soucier le moins du monde.

CHAPITRE 3

Sa cape volant derrière lui, le directeur Orson Krennic traverse à grands pas les couloirs du Destroyer Stellaire l'*Executrix*, son escouade de death troopers sur les talons. Cela devrait être un moment de triomphe pour lui, mais ce serait compter sans les traîtres et les bureaucrates qui ne cessent de chercher à provoquer sa chute.

Les rebelles sont un problème. Mais aujourd'hui, il doit faire face à bien pire : quelqu'un souhaite s'attribuer tout le mérite du travail qu'il a accompli.

Wilhuff Tarkin – le gouverneur impérial de la Bordure Extérieure, récemment nommé Grand Moff – a convoqué Krennic sur la passerelle de son Destroyer Stellaire. Et bien que le dispositif de tir de l'Étoile de la Mort soit en train d'être mis en place à cet instant précis, Krennic n'a eu d'autre choix que d'obéir.

Le directeur à peine arrivé sur la passerelle, Tarkin porte le premier coup sans ménagement :

– Cette faille du système de sécurité sur Jedha est très regrettable, directeur Krennic. Après tous ces retards et ces contretemps, ce nouvel incident… Il paraîtrait qu'un pilote de cargo très bavard a fait défection. Si le Sénat a vent de notre projet, de nombreux systèmes vont rejoindre le camp de la Rébellion.

Krennic résiste à la tentation de s'emporter. Cet homme a la confiance de l'Empereur : un simple mot de sa part peut mettre un coup d'arrêt à sa carrière.

– Quand la station de combat sera achevée, répond-il, le Sénat ne comptera plus, monsieur le gouverneur…

Après tout, qui oserait tenir tête à une arme capable de détruire une planète entière ?

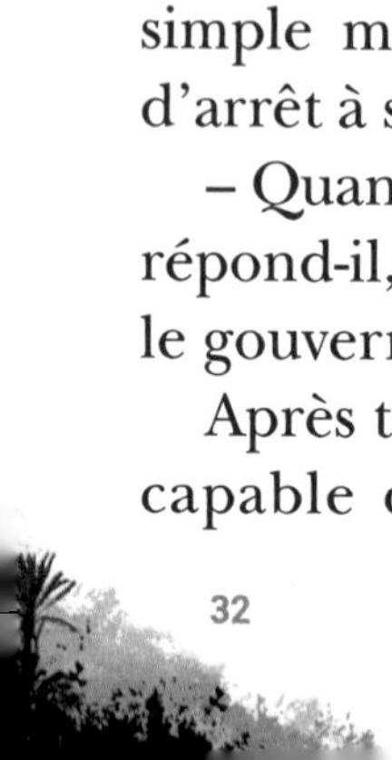

Le Sénat s'effondrera quasi instantanément. C'est d'ailleurs l'objectif premier de la construction de l'Étoile de la Mort.

– Il est grand temps qu'elle soit achevée. L'Empereur ne tolérera plus aucun retard. Vous avez laissé le temps jouer en faveur de la Rébellion.

Le sang de Krennic ne fait qu'un tour, outré par les accusations de Tarkin et tout ce qu'elles sous-entendent, mais le Grand Moff enchaîne avant qu'il ait pu réagir :

– Je propose que nous réglions les deux problèmes d'un coup en procédant dès maintenant à notre premier essai, poursuit-il avec un sourire condescendant. Si vous échouez, il faudra vous expliquer devant un auditoire qui risque d'être beaucoup moins patient…

Krennic se redresse de toute sa taille et pointe le menton en avant.

– Je n'échouerai pas, assure-t-il.

Il sait qu'il y a bien plus en jeu ici que sa carrière. C'est sa propre vie qu'il parie cette fois-ci…

Dressée sur un haut plateau au milieu d'une vallée profonde et entourée d'une ancienne muraille, Jedha City ne correspond pas vraiment à ce que Jyn s'était imaginé. Peut-être était-ce une belle ville autrefois, mais elle a visiblement connu des temps difficiles récemment. La majeure partie de la cité disparaît désormais sous une épaisse couche de poussière et de fumée, générée par des années de conflit. Pour couronner le tout, presque toute la ville est plongée dans l'ombre projetée par le Destroyer Impérial qui flotte au-dessus d'elle.

– C'est quoi, ce Destroyer ? demande-t-elle à Cassian tandis qu'ils observent de loin la cité.

– C'est à cause de ton vieil ami, Saw Gerrera. Il s'est mis à attaquer les transports de marchandises.

Jyn repère plusieurs vaisseaux cargo qui font des allers-retours entre le Destroyer Stellaire et différentes zones de la ville.

– Ils apportent quoi ?

– « Ils emportent quoi », tu veux dire. Des cristaux Kyber. Autant qu'ils peuvent en trouver. Maintenant, on le sait : c'est le carburant, pour leur arme.

– L'arme que ton père a conçue, précise K-2SO.

Jyn décoche un regard noir au droïde.

– On peut peut-être se passer de cette cible ambulante ?

Le droïde recule d'un pas, comme sous le choc :

– C'est de moi que tu parles ?

L'espace d'un instant, Jyn se demande si la machine va s'en prendre à elle, mais Cassian intervient :

– Elle n'a pas tort. Il nous faut passer inaperçus. Garde le vaisseau.

– Je peux passer inaperçu, proteste le droïde. Je suis un droïde impérial. La ville est sous occupation impériale.

Jyn a du mal à le croire, mais le droïde de sécurité semble vraiment vexé.

– Justement, la moitié des gens vont vouloir te reprogrammer et les autres te mettre une balle dans la tête, réplique-t-elle.

– Je suis surpris que tu te fasses du souci pour ma sécurité.

– Pas du tout. J'ai seulement peur qu'une balle se perde et qu'elle m'atteigne.

Jyn s'éloigne dans le but de mettre fin à la conversation, mais le droïde ne peut s'empêcher d'avoir le dernier mot :

– Cette perspective ne me déplaît pas, marmonne-t-il en regardant Cassian et la jeune femme se diriger vers Jedha City.

Ligoté à une chaise dans un cachot sale au confort sommaire, Bodhi a le pressentiment qu'il ne va pas aimer ce qui l'attend. Après être allés chercher le fameux Bor Gullet, les rebelles de Saw Gerrera le font entrer dans la cellule du déserteur impérial.

Bodhi n'a jamais rien vu de pareil. Bor ressemble à une créature marine dotée d'un nombre incalculable de tentacules.

Saw Gerrera se tient près de la porte du cachot.

– Bor Gullet ressent tes pensées, explique-t-il. Ne pas mentir, c'est tout ce qu'il y a à faire.

Bodhi a envie de protester, de hurler au chef rebelle que rien de cela n'a de sens, qu'il a déjà dit toute la vérité. Mais il sait que c'est inutile. Il ne lui reste plus qu'à se soumettre à cette créature et à ses pouvoirs. S'il pouvait remonter le temps, il ferait peut-être le choix de ne pas déserter, de ne pas aider Galen Erso, de ne pas essayer de sauver la galaxie.

Mais il est trop tard à présent.

Les tentacules de la créature se tendent vers Bodhi. Il se débat, tire sur ses liens, pris de panique et de haut-le-cœur.

– Que m'as-tu vraiment apporté, pilote de cargo ? demande Saw de sa voix éraillée. Bor Gullet perçoit toujours la vérité.

L'un des tentacules s'enroule autour du cou de Bodhi. L'homme se met à hurler, mais sa trachée est déjà si comprimée que le cri est aussitôt étouffé.

D'autres tentacules enveloppent sa tête. Leurs ventouses se fixent au niveau de ses tempes.

Son esprit s'emplit de grésillements, et la voix de Saw est la dernière chose qu'entend Bodhi avant de s'évanouir :

– Malheureusement, l'effet indésirable, c'est qu'à la fin de la séance, le sujet a tendance à perdre la tête...

CHAPITRE 4

Jedha City présente toutes les marques d'une occupation impériale prolongée : bâtiments en ruine, murs noircis par les tirs de blaster, graffitis anti-Palpatine…

Tandis qu'elle parcourt les rues sinueuses derrière Cassian, Jyn remarque qu'un hologramme impérial encourage les citoyens à transmettre toute information concernant un pilote de cargo disparu. Il doit s'agir de l'homme que Jyn et Cassian sont venus chercher. Voilà qui risque de compliquer leur mission…

Cassian ne semble pas découragé pour autant. Il avance d'un pas déterminé.

– J'avais un contact. Un des rebelles qui sont avec Saw, explique-t-il à Jyn. Mais lui aussi a disparu. Sa sœur le recherche sûrement. Le temple a été détruit, mais… Elle doit l'attendre là-bas. On va lui donner ton nom, et j'espère qu'elle pourra nous introduire auprès de Saw.

– Tu espères ?

Jyn n'aime pas l'idée de devoir dépendre d'une chose aussi ridicule que l'espoir.

– Oui. L'espoir est à la base de toute rébellion, rétorque Cassian avec sagesse.

Tandis qu'ils se fraient un chemin à travers les rues bondées, le rebelle repère un visage connu.

– Attends-moi là ! ordonne-t-il à Jyn avant de rejoindre un homme barbu devant l'étal d'un commerçant.

Jyn tend l'oreille pour essayer d'entendre leur conversation, mais la foule qui l'entoure est trop bruyante. Une voix, principalement, se distingue du brouhaha ambiant.

D'un regard circulaire, elle repère son propriétaire : un homme vêtu d'une robe de moine et aux yeux bleu pâle. Il ne paraît s'adresser à personne en particulier, mais répète la même phrase en boucle :

– Que la Force des autres soit avec vous. Que la Force des autres soit avec vous.

Jyn réalise que l'homme est aveugle.

Sa litanie s'arrête subitement, puis il dit :

– Veux-tu troquer ce collier contre un coup d'œil sur ton avenir ?

Jyn se fige sur place. Elle porte bien un pendentif, le cristal Kyber que sa mère lui a donné il y a si longtemps, mais il est caché sous sa chemise.

– Oui… insiste-t-il, semblant percevoir la perplexité de Jyn. C'est à toi que je parle. Je m'appelle Chirrut Îmwe.

Jyn s'avance vers l'aveugle.

– Comment as-tu deviné que je portais un collier ?

L'homme esquisse un sourire.

– Si tu veux le savoir, il faut payer.

Jyn remarque la présence d'un autre homme derrière le moine. L'exact opposé de Chirrut. Il porte un plastron rouge de guerrier, et ses cheveux sont longs et hirsutes. Et pourtant, le duo semble en parfaite adéquation, tels deux frères qui auraient emprunté des voies différentes.

– Que sais-tu sur les cristaux Kyber, hein ? demande Chirrut.

Jyn n'est pas sûre de savoir quoi répondre. S'agit-il d'une sorte d'escroquerie ?

– Mon père disait que c'était la source d'énergie des sabres lasers des Jedi.

Sa conversation visiblement terminée, Cassian saisit Jyn par le bras pour l'entraîner loin du moine.

– Les cœurs des plus puissantes étoiles sont faits de Kyber ! lui lance Chirrut avant qu'elle disparaisse.

– On n'est pas là pour se faire des amis. Encore moins avec ces gars-là, l'avertit Cassian.

Intriguée, Jyn jette un coup d'œil par-dessus son épaule en direction des deux hommes.

– C'est qui, ces gens ?

– Ce sont les Gardiens des Whills. Les défenseurs du temple de Kyber. Mais il n'y a plus rien à défendre. Et depuis, ils sont une source de problèmes pour tout le monde.

Quelque chose semble avoir changé chez Cassian.

– Tu as l'air bien tendu, tout à coup.

– Il ne faut pas qu'on s'attarde ici, dit-il. Cette ville… est sur le point d'exploser…

Jyn suit Cassian jusqu'au Quartier Saint, situé au cœur de la vieille ville. Soudain, une alarme se déclenche dans l'esprit de la jeune fille. Elle regarde autour d'elle et repère une conjonction d'éléments troublants.

En provenance du Destroyer Stellaire qui flotte au-dessus de la ville, une navette cargo plonge vers le sol en occultant la lumière du soleil. À peu près au même instant, un char d'assaut impérial, venu protéger la navette, s'engage dans la rue.

Les gens se mettent à courir dans tous les sens, réaction somme toute naturelle face à une telle démonstration de force des Impériaux. Aux yeux de Jyn, toutefois, tous ne fuient pas : certains semblent même se rapprocher pour encercler le véhicule.

L'un d'eux tire soudain une grenade de sa tunique et la jette sur le char. L'explosion détruit les chenilles du blindé, qui s'immobilise aussitôt.

Un grand nombre de ceux qui se sont rapprochés sortent des blasters et ouvrent le feu sur les stormtroopers qui escortent le char. La plupart d'entre eux sont humains, à l'exception d'un Tognath équipé d'un masque respiratoire.

Les stormtroopers répliquent, et la rue se transforme en zone de guerre.

Jyn et Cassian courent s'abriter dans l'encadrement d'une porte, et la jeune femme sort son blaster, reconnaissante d'avoir pu le garder.

– Je crois qu'on a trouvé les hommes de Saw, ironise-t-elle.

Alors qu'elle remarque la présence d'une petite fille, recroquevillée devant un bâtiment, Jyn réalise que le char est sur le point de tirer dans cette direction, avec l'intention de déloger les rebelles situés sur le toit. Sans réfléchir, Jyn bondit en avant, malgré les cris de Cassian, qui lui ordonne de revenir. Elle s'accroupit devant l'enfant et la protège comme elle le peut du premier tir du char.

L'explosion réduit la façade du bâtiment en un tas de gravats. Tandis que les débris retombent en pleuvant autour d'elle, Jyn prend la petite fille dans ses bras et la rend à sa mère, qui courait déjà dans sa direction pour la récupérer. Puis elle plonge à l'abri avant que le char tire de nouveau.

Cassian ouvre le feu pour couvrir la jeune femme, et ensemble, ils s'enfuient par une ruelle… pour tomber nez à nez avec une escouade entière de stormtroopers !

– Par ici ! s'écrie Cassian en tournant les talons.

Mais Jyn en a assez de fuir devant l'Empire. Elle extrait une paire de matraques de sa veste et passe à l'attaque.

L'attention des stormtroopers étant fixée sur Cassian, elle parvient à en assommer deux avant qu'ils comprennent le danger qu'elle représente. Les deux suivants lui donnent un peu plus de fil à retordre, mais les soldats ne sont clairement pas à la hauteur.

Alors que le dernier stormtrooper de l'escouade tombe sous ses coups, Jyn entend des bruits de pas derrière elle. Elle pivote sur place et se retrouve face à face avec un droïde de sécurité impérial. Elle lui troue la poitrine d'un seul tir de son blaster.

La machine bascule en avant dans un nuage de fumée et révèle la présence d'un autre droïde de sécurité juste derrière elle.

– Euh, tu savais que ce n'était pas moi ?

Réalisant que le second droïde est K-2SO, Jyn baisse son arme.

– Bien sûr… répond-elle, avec une légère hésitation dans la voix.

Cassian est furieux contre le droïde.

– Je croyais t'avoir dit de nous attendre là-bas !

– En effet, mais j'ai pensé que vous aviez besoin d'aide. Il y avait beaucoup d'explosions, pour deux personnes désireuses de passer inaperçues…

Cassian s'apprête à répliquer lorsqu'une autre patrouille de stormtroopers débarque dans la ruelle.

– Ne bougez plus ! aboie le commandant.

– Tu avais raison, murmure K-2SO. J'aurais mieux fait d'attendre dans le vaisseau…

Jyn regarde autour d'elle, réfléchissant à la tactique à adopter. Elle pense un instant se servir de K-2SO comme bouclier, mais le droïde est si grand et ses jambes si longues qu'il ne lui serait pas d'un très grand secours.

– Où emmènes-tu ces prisonniers ? demande le commandant.

– Ce sont des prisonniers, répond K-2SO, parvenant tout juste à camoufler son étonnement.

– Oui. Où les emmènes-tu ?

Jyn est tenté de répondre à la place du droïde, mais elle craint qu'une remarque de sa part ne fasse réaliser son erreur au commandant.

– Je les emmène... balbutie K-2SO... pour les emprisonner... en prison.

Cassian perd patience et essaie d'intervenir :

– Oui. Il nous emmène en...

Mais K-2SO le frappe vivement au visage, à la grande surprise de Jyn.

– Silence ! Et j'en ai une autre en réserve si tu l'ouvres encore !

Manifestement, une fois qu'il a compris qu'il fallait mentir, le droïde se révèle plutôt doué pour jouer la comédie !

– On les prend en charge, indique le commandant en faisant signe à ses hommes de passer les menottes aux rebelles.

– Vous ne pouvez pas les emmener ! proteste K-2SO, impuissant.

Le commandant jauge le droïde de la tête aux pieds.

– Toi, tu restes là. On va procéder à un diagnostic.

– Un diagnostic ? rétorque K-2SO, indigné. Je suis capable d'effectuer mon propre diagnostic, je vous remercie !

Une voix s'élève soudain d'un coin sombre de la ruelle :

– Laissez-les passer en paix !

Jyn – comme tous les autres dans la rue – tourne la tête vers l'étrange moine aveugle rencontré un peu plus tôt. Il s'approche des soldats, son bâton tendu devant lui.

– Laissez-les passer en paix, répète-t-il avant d'entonner une sorte d'incantation : La Force est avec moi. Et je suis avec la Force. Et je ne crains rien. Car tout est tel que l'a voulu la Force.

Le commandant ne semble pas le moins du monde impressionné.

– Hé ! N'avance pas ! aboie-t-il.

Se penchant en avant, l'un des stormtroopers explique le comportement du moine à son supérieur :

– Il est aveugle.

– Et il est sourd ? réplique le commandant en pointant son fusil vers le moine. Je t'ai dit de t'arrêter !

Tout en avançant, Chirrut oblique brusquement vers la gauche, et la décharge du blaster du commandant le frôle dans un sifflement. Cassian plonge se mettre à l'abri, aussitôt imité par Jyn.

Si ce moine fou a décidé de se sacrifier pour eux, c'est une chance à ne pas laisser passer !

Elle n'a pas à s'en faire pour Chirrut, néanmoins. Le moine s'approche des stormtroopers – si près qu'ils ne peuvent plus lui tirer dessus – et commence à faire danser son bâton autour de lui. Un premier soldat s'écroule, frappé au crâne, puis un autre, fauché au niveau des pieds.

L'un des stormtroopers tente malgré tout de tirer sur Chirrut, mais le moine esquive à nouveau la décharge, et cette dernière atteint le soldat derrière lui.

Sous le regard admiratif de Jyn, Chirrut continue de faire danser son bâton jusqu'à ce que tous les stormtroopers finissent étendus sur le sol.

Malheureusement, des renforts débarquent à cet instant, et ils sont beaucoup trop nombreux pour que Chirrut les attaque avec son bâton.

Ils n'ont toutefois pas le temps d'ouvrir le feu car un guerrier dépenaillé surgit de l'autre côté de la rue. Jyn reconnaît l'homme qui se tenait debout derrière Chirrut, un peu plus tôt. S'il avait l'air dangereux alors, il prouve à cet instant qu'il l'est en se débarrassant de la totalité des stormtroopers d'un barrage de tirs ajustés.

Le guerrier traverse ensuite la rue d'un pas nonchalant pour glisser une arbalète dans la main du moine. Jyn s'interroge sur l'utilité d'une telle arme pour un aveugle, mais ce dernier la tient comme s'il s'agissait d'une extension de son bras.

– Tu sais que tu as failli me tuer ? fait remarquer Chirrut à son ami.

– Y a pas de quoi, grommelle le guerrier.

– Plus aucun assaillant, commente K-2SO tandis que Jyn et Cassian se remettent debout.

Le guerrier pointe son blaster sur le droïde.

– Un assaillant !

Jyn fait un pas en avant pour empêcher l'homme de tirer sur le droïde.

– Il est avec nous !

Hésitant, le guerrier jette un coup d'œil à Chirrut.

– Ça va, confirme le moine.

Le guerrier range à contrecœur son fusil derrière son épaule tandis que K-2SO s'emploie à libérer Jyn et Cassian de leurs menottes.

– Retourne au vaisseau, ordonne le capitaine au droïde. Je te ferai signe.

Puis, désignant Chirrut du menton, il demande au guerrier :

– C'est un Jedi ?

L'idée a aussi traversé l'esprit de Jyn. La façon dont l'aveugle s'est battu semble impossible pour quelqu'un qui ne saurait se servir de la Force.

Le guerrier secoue vigoureusement la tête.

– Il n'y a plus de Jedi. Il n'y a plus que des illuminés, comme lui.

– La Force m'a protégé, proteste Chirrut.

Le guerrier pointe le pouce vers sa propre poitrine.

– C’est *moi* qui t’ai protégé.

Ils n’ont pas le temps pour ces chamailleries. S’ils s’attardent encore, d’autres stormtroopers risquent de leur tomber dessus.

– Vous pouvez nous conduire à Saw Gerrera ? leur demande Jyn.

En guise de réponse, un groupe de rebelles fait son apparition, l’arme au poing.

En d’autres circonstances, Jyn aurait essayé de s’échapper, mais il y a des chances pour que ces individus travaillent pour Saw.

– Vous ne voyez pas que nous ne sommes pas du côté de l’Empire ? s’écrie Chirrut en montrant les stormtroopers étendus à ses pieds.

Le Tognath que Jyn a vu rôder dans les parages au moment de l’attaque s’avance à son tour.

– Et si l’un de vous nous tue, prévient-elle d’une voix claire et forte, il devra rendre des comptes à Saw Gerrera…

Jyn marque une courte pause avant de poursuivre :

—… parce que je suis la fille de Galen Erso.

Le Tognath réagit aussitôt en aboyant un ordre. Les rebelles se jettent sur Jyn et les autres,

les délestent de leurs armes et leur enfilent un sac sur la tête.

– Non, mais vous êtes sérieux ? proteste Chirrut, exaspéré. Je suis aveugle !

CHAPITRE 5

Cassian est persuadé d'avoir déjà connu des situations pires que celle-ci. C'est juste qu'il a du mal à se rappeler quand. Il ne reste plus qu'à espérer qu'à leur arrivée à la cachette des rebelles, Jyn ne le trahira pas pour rejoindre Saw Gerrera.

Il serait si simple pour elle de les laisser tomber, lui comme la mission, et de conseiller à Saw de le tuer. Mais, que ce soit une bonne idée ou non, il a déjà pris la décision de lui faire confiance. C'est la raison pour laquelle il l'a laissée garder le blaster. Cela ne l'empêche pas de s'inquiéter pour autant. D'après les rapports qu'il a lus sur Jyn, c'est une criminelle endurcie dont la longue liste de transgressions ne concernait pas uniquement l'Empire.

Une fois leur repaire atteint, les rebelles retirent le sac de la tête de Cassian. L'endroit semble avoir été creusé dans l'un des nombreux réseaux de grottes de Jedha.

Un grand costaud jette Cassian dans un cachot en compagnie du moine aveugle et de son ami guerrier. Après avoir pris le temps de regarder autour de lui, le capitaine réalise que les rebelles ont installé leur base à l'intérieur d'un ossuaire, d'anciennes catacombes réservées aux moines de Jedha. Leurs ossements recouvrent chaque centimètre des murs, y compris dans le cachot.

Une fois leurs ravisseurs partis, Cassian bondit sur ses pieds et, penché contre la grille de la cellule, observe tout ce qui se trouve de l'autre côté. Deux rebelles se disputent au-dessus d'un jeu de dejarik, constitué de pièces en bois.

Assis dans un coin, le moine se met à scander un mantra. Cassian espère qu'il finira par s'arrêter, mais il semble inlassable. Au bout d'un moment, l'ami de Chirrut se tourne vers lui, incrédule :

– Tu pries ?

Chirrut l'ignore et poursuit sa litanie.

Le guerrier laisse échapper un gloussement et secoue la tête.

– Il prie pour que la porte s'ouvre, explique-t-il à Cassian.

– Il est contrarié parce qu'il sait que c'est possible, réplique le moine.

Le guerrier éclate d'un rire sonore.

– Baze Malbus était autrefois le plus fervent des Gardiens, précise Chirrut. Le meilleur d'entre nous.

Cela surprend Cassian. Ce Malbus a donc été moine, lui aussi ? Est-ce l'occupation impériale qui l'a changé ? Dans ce cas, comment se fait-il que Chirrut ait gardé la foi, lui ?

– Je commence à croire que la Force et moi, nous n'avons pas les mêmes priorités, ne peut s'empêcher de commenter Cassian.

– Détends-toi, capitaine, dit Chirrut. Nous avons connu des prisons pires que celle-ci.

Cassian jette un regard circulaire autour de lui.

– Ah ouais ? C'est une première, pour moi.

– Et il n'y a pas qu'une seule sorte de prison, capitaine. Je sens que tu transportes la tienne avec toi.

Cassian détourne le regard. La remarque du moine le touche bien plus qu'il ne souhaite le montrer.

Les hommes de Saw escortent Jyn jusqu'à une longue pièce caverneuse. De la lumière s'y déverse à travers une immense fenêtre creusée dans l'une des parois. Jedha City se dresse au loin, baignée de soleil.

Il faut un instant à Jyn pour se rendre compte que quelque chose a changé dans le paysage : le Destroyer Stellaire stationné au-dessus de la ville a disparu !

Elle en ignore la raison et n'a pas vraiment le temps de s'en étonner : elle repère Saw Gerrera à l'autre extrémité de la pièce.

– Jyn ? C'est vraiment toi ? demande Saw d'une voix plus faible et éraillée que dans les souvenirs de la jeune fille. Ce n'est pas possible…

Il s'avance vers elle en claudiquant. Son crâne, autrefois chauve, arbore désormais une tignasse grise. Il porte un masque à oxygène autour du cou.

– J'imagine ta surprise, déclare-t-elle sur un ton sec.

L'homme se fige et lui décoche un regard hésitant.

– J'espère qu'on est toujours amis…

– La dernière fois que je t'ai vu, tu m'as donné un couteau et un blaster, et tu m'as dit d'attendre dans le bunker jusqu'au lever du jour.

– J'étais sûr que tu t'en sortirais.

Ce n'est pas la question ! pense-t-elle.

– Tu m’as abandonnée.

Il fronce les sourcils.

– À l’époque, tu étais déjà le meilleur soldat que j’aie eu sous mes ordres.

Jyn n’a que faire de ses flatteries.

– J’avais seize ans !

– C’était pour te protéger des autres.

– Tu t’es débarrassé de moi !

Jyn pensait avoir dépassé tout ça depuis des années, mais la vue de son ancien mentor a pour effet de rouvrir ces vieilles blessures.

– Tu étais la fille d’un savant, l’un des plus hauts dignitaires de l’Empire, se défend Saw. Ça commençait à se savoir. Certains auraient voulu qu’on se serve de toi comme otage. Jamais je ne t’ai oubliée. Je pense à toi tous les jours… ajoute-t-il, le regard triste. Mais que ce soit justement aujourd’hui…

Saw la toise de la tête aux pieds.

– Je suis sûr que c’est un piège, poursuit-il. C’est ça ? Hein ?

– Quoi ?

D’abord surprise par la question, Jyn réalise peu à peu que son ancien mentor a fini par succomber à la paranoïa.

– Le pilote. Le message. Tout ce cirque.

Saw saisit son masque et inspire une grande bouffée d'oxygène. Jyn est attristée de le voir dans cet état. Lui qui était autrefois une véritable force de la nature…

– Tu es venue me tuer ? demande-t-il, les yeux plissés, avant de laisser échapper un gloussement. Il ne reste plus grand-chose de moi.

Jyn ne voit pas de raison de lui mentir.

– L'Alliance veut retrouver mon père. Ils disent qu'il t'a envoyé un message au sujet d'une arme. Ils ont fait appel à moi pour te convaincre de leur apporter l'aide dont ils ont besoin.

Saw opine lentement du chef.

– Et toi, qu'est-ce que tu veux, Jyn ?

– J'ai joué un rôle d'intermédiaire. Je me retire, maintenant. Arrangez-vous entre vous !

– Alors, la cause ne compte plus à tes yeux ?

L'entendre évoquer sa cause glorieuse en de telles circonstances met Jyn hors d'elle.

– La cause ? Tu es sérieux ? L'Alliance, les rebelles… Je ne sais pas quel nom vous vous donnez, aujourd'hui. Mais pour moi, ça a toujours été synonyme de malheur !

Saw recule d'un pas, surpris. Sans doute pensait-il avoir fait d'elle un bon petit soldat, prêt à tout pour la Rébellion. La vérité, c'est qu'en l'abandonnant, il a réduit en miettes cette partie de son âme.

– Tu supportes de voir le drapeau impérial flotter aux quatre coins de la galaxie ?

– On n'est pas obligé d'y faire attention, rétorque-t-elle.

Saw se raidit, visiblement blessé par sa réponse. Il la dévisage un instant, sans un mot, puis ajoute :

– Je vais te montrer quelque chose.

CHAPITRE 6

L'ombre de l'Étoile de la Mort tombe sur Jedha, et Krennic ne peut s'empêcher de sourire à cette vue. Il a travaillé si dur pour en arriver là ! Son moment de gloire semble enfin tout proche… La présence du Grand Moff Tarkin, malheureusement, lui gâche une partie du plaisir.

– L'Empereur attend mon rapport, indique Tarkin.

Le Grand Moff considère l'Étoile de la Mort comme son projet, alors que sans Krennic, la station n'aurait jamais vu le jour.

Pris d'une soudaine envie de meurtre, le directeur parvient néanmoins à garder son calme et à répondre à Tarkin avec un respect qu'il est loin d'éprouver :

–J'avais le secret espoir que le seigneur Vador et même l'Empereur viendraient pour l'occasion.

–J'ai jugé plus prudent de ne pas vous exposer à une humiliation, réplique le Grand Moff avec dédain.

Krennic sait ce que cela signifie : Tarkin souhaite superviser lui-même les premières manœuvres de la station pour vérifier si tout est en état de marche avant de prendre la main. Car qui sait ? Krennic pourrait encore s'avérer indispensable. Mais ce dernier est bien trop malin pour laisser Tarkin se débarrasser de lui aussi facilement.

– Vos craintes sont injustifiées, lui assure-t-il.

Tarkin lui sourit, avec un air suffisant.

– Espérons que les faits vous donneront raison.

Ignorant la pique du Grand Moff, Krennic s'adresse aux autres personnes présentes dans la pièce :

– Toutes les forces impériales ont été évacuées, et je suis prêt à donner l'ordre de déclencher la frappe qui détruira entièrement la lune.

Tarkin hausse un sourcil.

– Ce ne sera pas nécessaire, intervient-il. Nous voulons donner un avertissement, pas lancer un ultimatum. La destruction de la ville suffira, dans un premier temps.

Krennic doit se mordre les lèvres pour ne pas répliquer. Il sait parfaitement à quoi joue le Grand Moff. Il compte s'emparer de l'Étoile de la Mort dès que Krennic aura prouvé son efficacité, puis l'utiliser pour annihiler une planète entière afin de s'en attribuer tout le mérite.

Krennic se fait la promesse de trouver un moyen de mettre à mal les projets de Tarkin. D'ici là, néanmoins, il n'a d'autre choix que de se soumettre au Grand Moff.

– Visez Jedha City, ordonne-t-il en se tournant vers le tableau de commandes de l'Étoile de la Mort. Préparez la mise à feu d'un seul réacteur.

Cela devrait suffire à effacer l'ancienne cité de la surface de la lune. Si seulement l'Empereur – ou ne serait-ce que son émissaire, Dark Vador – était là pour assister à la destruction ! Au final, le triomphe de Krennic ne parviendra à leurs oreilles qu'à travers Tarkin, qui, à n'en pas douter, minimisera l'implication du directeur.

– Faites feu dès que vous serez prêts.

Cassian est inquiet. Jyn est partie depuis trop longtemps. Si elle avait vraiment voulu convaincre Saw Gerrera de les libérer, quelqu'un ne serait-il pas déjà venu les chercher ?

Les yeux fixés sur les gardes, il guette le moindre changement dans leur comportement. Si les choses devaient mal tourner, il lui faudrait tenter le tout pour le tout pour s'échapper.

– Qui est notre voisin de cellule ? demande soudain Chirrut.

– Quoi ? s'étonne Baze. Où ça ?

Le guerrier s'approche des barreaux qui les séparent de la cellule voisine et aperçoit un homme recroquevillé dans l'ombre. Baze l'étudie attentivement, puis grimace comme si une odeur nauséabonde lui avait frappé les narines.

– Un pilote impérial !

Cassian se retourne vivement. Après tout, ils sont venus sur Jedha pour trouver un pilote impérial. Saw aurait-il également jeté le déserteur en prison ?

– Un pilote ?

Baze se rapproche encore de la grille.

– Je le tue ! gronde-t-il.

– Non ! Non, attends ! s'écrie Cassian en le retenant par le bras.

Scrutant l'obscurité du cachot voisin, il découvre un homme très mince au teint mat, aux cheveux noirs et à la barbe fine. Il porte l'uniforme d'un pilote impérial.

L'homme est secoué de tremblements. Baze l'a-t-il effrayé ? Ou bien y a-t-il quelque chose d'autre qui ne tournerait pas rond chez lui ?

– C'est toi, le pilote ? lui demande Cassian de la voix la plus douce possible. Le pilote de cargo ?

Les yeux de l'homme se mettent à rouler dans leurs orbites, et le capitaine se demande s'il a encore tous ses esprits. Se pourrait-il que Saw l'ait torturé ?

– Pilote ? murmure l'homme.

– Qu'est-ce qu'il lui arrive ? veut savoir Chirrut.

Cassian aimerait bien le savoir, lui aussi.

– Galen Erso… demande-t-il à l'homme du cachot. Ce nom te parle ?

Le pilote se redresse. Son regard reste voilé, mais la façon dont il a réagi au nom de Galen donne de l'espoir à Cassian.

– J'apporte un message, balbutie l'homme. Je suis pilote.

Cassian doit se retenir de pousser un cri de victoire. L'homme se tient bien droit à présent et son regard passe de Cassian aux autres occupants de la cellule voisine.

– Je suis pilote ! Je suis pilote !

Saw guide Jyn jusqu'à un projecteur, dans lequel il insère une puce holographique.

– Voici le message qui m'a été envoyé, annonce-t-il sans préambule.

Une image bleutée du père de Jyn jaillit alors au-dessus du projecteur. Même si elle se doute que le message a été enregistré récemment, la jeune fille a l'impression qu'un spectre de son passé a remonté le temps pour venir lui parler. Il a l'air plus vieux, plus usé que dans ses souvenirs.

– Saw, si tu reçois ça, il y a peut-être encore une chance de sauver l'Alliance. Peut-être aussi une chance pour moi de m'expliquer. Et, même si je n'ose pas vraiment l'espérer, une chance de parler à Jyn, si elle est encore vivante et de lui dire que mon amour pour elle est toujours aussi fort. Et qu'elle me manque terriblement.

Jyn sent sa gorge se serrer. Toutes ces années passées loin de lui – toutes ces années passées seule après que Saw l'a abandonnée – menacent de remonter à la surface et de la submerger, mais elle s'empresse de mettre ses émotions de côté pour ne rien rater de ce que son père a à dire.

– Jyn… ma Nébuleuse… J'imagine ce que tu penses de moi. Quand ils m'ont emmené, j'ai dû affronter une dure réalité. On m'a dit que, tôt ou tard, Krennic te capturerait à ton tour. Avec le temps, j'ai compris que tu étais soit morte, soit si bien cachée qu'il ne te retrouverait jamais. Je savais que si je refusais de travailler ou mettais fin à mes jours, Krennic ne tarderait pas à comprendre qu'il n'avait pas besoin de moi pour mener le projet à son terme. J'ai donc fait ce que personne n'attendait de moi : j'ai menti. J'ai appris à mentir. J'ai joué le rôle de l'homme vaincu, qui se réfugiait dans son travail comme dans un sanctuaire. Je me suis rendu indispensable. Et en même temps, j'ai préparé le terrain pour me venger.

Il s'interrompt un instant, s'apprêtant à révéler ce qui va sceller sa trahison envers l'Empire.

– On l'appelle l'Étoile de la Mort. Elle porte bien son nom. Et ils ne tarderont pas à en faire usage. J'ai programmé une défaillance au cœur du système, une faille indétectable et imparable qu'ils ne découvriront jamais.

Il marque une courte pause pour souligner l'importance de ce qu'il vient de confesser, puis poursuit :

– Mais, Jyn, si tu m'entends… Ma fille adorée… Ma vie a été dévastée. J'essaie de ne penser à toi que dans les moments où je suis fort, tant la douleur de vous avoir perdues, ta mère et toi, notre famille… Cette perte est toujours si douloureuse que même maintenant cela pourrait me trahir et me faire échouer. C'est trop dur de ne pas penser à toi. De ne pas savoir où tu es…

Galen incline la tête et la garde baissée quelques instants. Lorsqu'il la relève, Jyn voit une étincelle de détermination briller dans son regard.

– Saw. Le réacteur. C'est la clé. C'est le module dans lequel j'ai disposé mon piège. Il est bien caché, et très instable. À la moindre explosion, c'est la station entière qui sera détruite. Il vous faudra les plans de toute la structure de l'Étoile de la Mort pour trouver le réacteur. Je sais qu'un relevé complet de cette structure a été archivé dans un entrepôt de données de la Tour Citadelle, sur Scarif. La pression générée par une déflagration dans le module déclenchera une réaction en chaîne qui…

Le message s'interrompt brusquement. Jyn s'apprête à pester contre le matériel de Saw lorsqu'elle comprend qu'il s'agit d'une coupure de courant généralisée. Toutes les lumières de la base se sont éteintes en même temps.

Elle jette un coup d'œil par la fenêtre en direction de Jedha City et en comprend la cause.

CHAPITRE 7

Même s'il ignore ce dont il s'agit, Cassian entend le vrombissement qui accompagne la destruction de Jedha City s'élever à l'extérieur de la base. Le bruit éloigne les gardes du cachot, et Cassian profite de l'occasion pour crocheter la serrure de la grille. Puis il s'élance hors de la cellule, suivi de près par Baze et Chirrut.

Courant jusqu'à la table où les gardes ont éparpillé leurs affaires, Cassian récupère son comlink et l'allume :

– K-2, K-2 ! Où es-tu ?

Le droïde lui répond aussitôt :

– Ah, enfin ! Je suis en stand-by, comme on me l'a demandé. Mais un problème se profile à l'horizon : il n'y a plus d'horizon.

Le sang de Cassian se fige dans ses veines. C'est le pire des scénarios qu'il avait envisagés pour cette mission : se retrouver menacé par l'arme apocalyptique qu'il essaie justement de combattre.

– Localise notre position, ordonne-t-il à K-2SO. Rejoins-nous immédiatement avec le vaisseau !

Cassian saisit le reste de son équipement, puis se tourne vers Baze et Chirrut.

– Où vas-tu ? demande le moine.

– Il faut que je retrouve Jyn. Récupérez le pilote, on a besoin de lui !

Baze ignore ce qui motive Cassian, mais le guerrier décide néanmoins de lui faire confiance.

– Très bien. Je le récupère.

Les murs de l'ancien monastère se mettent à trembler, comme secoués par un monstre géant. Le repaire ne tiendra plus très longtemps, réalise Cassian.

Se fiant à son instinct, l'espion s'élance vers les profondeurs de la base tandis que tout le monde s'enfuit dans le sens inverse, trop paniqué pour lui prêter attention. Il finit par atteindre une longue et vaste pièce, éclairée par une large fenêtre.

Jyn est agenouillée par terre. Debout à ses côtés, un vieil homme essaie de la réconforter.

– Jyn ! s'écrie le capitaine.

L'homme se retourne, et Cassian reconnaît Saw Gerrera. Dans d'autres circonstances, l'espion aurait dégainé son blaster, mais ils n'ont plus le temps pour de telles choses.

– Il faut qu'on s'en aille, dit-il à Jyn. Je sais où se trouve ton père.

Le pilote – Bodhi Rook – le lui a révélé dans le cachot.

– Pars avec lui, Jyn ! s'exclame Saw. Va-t'en !

Jyn se relève, hésitante. Elle prend le bras de Saw, comme décidée à l'entraîner de force avec eux. Mais il se libère d'un geste brusque, et Cassian comprend pourquoi.

Il est lent, éclopé, malade. Il n'a plus rien du guerrier légendaire qu'il était autrefois. Il n'est plus capable de s'enfuir.

– Viens ! la presse Cassian en la prenant par la main.

Elle résiste un instant, refusant d'abandonner le vieil homme.

– Sauvez-vous ! aboie Saw, insistant.

C'est là son dernier vœu et il ne désire rien d'autre que de le voir se réaliser.

Cédant à contrecœur, Jyn finit par accepter de suivre Cassian. Alors qu'ils quittent la pièce, Saw leur lance une dernière requête :

– Sauvez la Rébellion ! Sauvez le rêve !

Jyn devine ce qui est en train de se passer. Ça ne peut pas être une coïncidence qu'à l'instant où elle découvre l'implication de son père dans la fabrication de l'Étoile de la Mort, tout Jedha semble sur le point de se désintégrer !

Cassian et elle émergent du monastère sur une vaste corniche offrant une vue spectaculaire sur Jedha City. À la place du Destroyer Stellaire stationné au-dessus de la Ville Sainte, Jyn découvre une station de combat imposante aux allures de grosse lune, dont la surface est creusée d'un unique cratère en forme de parabole.

La ville elle-même a disparu. Un nuage de cendre et de débris s'élève là où elle se dressait auparavant.

Cassian se fraie un chemin entre les gens amassés sur la corniche, Jyn sur ses talons. Il se dirige vers un individu en uniforme de pilote impérial, et la jeune femme comprend qu'il doit s'agir de l'homme qu'ils étaient venus chercher.

Cassian le dépasse sans prendre le temps de ralentir.

– Vite ! lui lance-t-il.

Le moine et le guerrier leur emboîtent le pas, et ils se mettent tous les cinq à courir aussi vite qu'ils le peuvent. Cassian les guide vers une zone dégagée, loin des autres rebelles.

Lorsqu'ils atteignent le rebord de la corniche, l'U-wing qui les a amenés sur Jedha apparaît et effectue un atterrissage chirurgical. Jyn aperçoit K-2SO aux commandes. Elle n'a jamais été aussi heureuse de voir un droïde impérial de toute sa vie.

La rampe s'abaisse dans un nuage de poussière, et ils se précipitent tous les cinq à bord du vaisseau.

– Sors-nous de là ! s'écrie Cassian en s'élançant vers le cockpit. Fonce !

K-2SO n'a pas besoin qu'on le lui dise deux fois. Le nez de l'U-wing pointe déjà vers le ciel et dans le sens opposé à l'onde de choc destructrice.

Quelque part en bas, Saw Gerrera contemple l'apocalypse qui s'abat sur lui et pousse son dernier soupir.

L'U-wing continue de s'élever dans les airs, mais pas aussi vite qu'il le faudrait. K-2SO les a récupérés trop tard.

– Regardez ! s'exclame le pilote impérial.

L'onde de choc a atteint son point culminant et, telle une vague, commence à retomber en menaçant de les engloutir. Vu la vitesse et l'angle qu'elle suit, ils n'ont aucune chance d'en réchapper. Ce n'est plus qu'une question de secondes avant que l'onde s'abatte sur eux.

Mais Cassian n'a pas l'intention de baisser les bras. Au lieu de cela, il décide de tenter l'inimaginable : il saisit le levier servant à projeter le vaisseau dans l'hyperespace et le tire à lui d'un geste ferme.

Jyn sait que l'une des règles de base des voyages interstellaires consiste à ne jamais passer la barre de l'hyperespace sans avoir laissé l'ordinateur réaliser des calculs extrêmement complexes, pour ne pas risquer de passer à travers une planète ou une étoile.

Toutefois, comme la seule alternative à cet instant revient à être réduit en miettes, Jyn ne voit aucune raison de ne pas essayer. Et tandis que, de l'autre côté de la verrière, le nuage de poussière et de débris se transforme en un éventail de longues traînées d'étoiles, elle fait la seule chose qui lui vient à l'esprit.

Elle retient son souffle et se surprend à espérer.

Krennic arbore un grand sourire carnassier devant la destruction de Jedha City. La vue que lui offre le pont supérieur est stupéfiante.

L'arme qu'il a créée est sur le point d'altérer le cours de l'histoire. Elle écrasera l'Alliance rebelle, mettra fin à sa révolte et ramènera la paix dans la galaxie.

Tarkin se tourne vers lui et le salue en inclinant la tête.

– Je pense que je vous dois des excuses, Krennic. Votre réalisation dépasse toutes nos attentes.

Enfin, tout ce dur labeur – tous ces actes horribles qu'il a dû commettre – aura fini par porter ses fruits !

– Et vous en ferez part à l'Empereur, j'espère ?

Krennic manque de rire à son propre commentaire. Bien sûr que Tarkin va lui en faire part ! Comment pourrait-il nier la puissance de l'Étoile de la Mort ?

Tarkin hoche gravement la tête.

– Je lui dirai que la patience dont il a fait preuve est récompensée par une arme remarquable qui mettra bientôt un point final à la Rébellion.

Krennic ne peut retenir un petit gloussement. Pris dans l'ivresse de son succès, il n'a pas perçu la note de réserve dans la voix de Tarkin.

– Et vous n'avez qu'une vague idée de sa puissance et de son potentiel de destruction ! s'exclame-t-il.

Ils n'ont utilisé qu'un seul réacteur pour ce tir d'essai. Cela a pourtant suffi à anéantir Jedha City.

– Et je lui dirai que j'ai pris immédiatement le contrôle de cette arme, dont j'ai été le premier à avoir l'idée, il y a bien des années, ajoute Tarkin.

Le visage de Krennic s'empourpre. La soif de pouvoir de cet homme ne cesse de le sidérer.

– Ce projet, c'est grâce à moi qu'il a abouti ! Vous, vous n'y êtes pour rien !

Le Grand Moff lui adresse un regard chagriné, le genre de regard qu'un professeur pourrait poser sur un étudiant prometteur qui ferait fausse route.

– J'ai bien peur que les récentes défaillances de la sécurité n'aient jeté un total discrédit sur vos compétences militaires.

Ces accusations hérissent Krennic. Il y a des milliers d'individus sous sa supervision. Comment s'assurer qu'aucun d'eux ne trahira l'Empire ?

– Il n'y aura plus jamais aucune défaillance, proteste-t-il en pointant la lune du doigt. Puisque Jedha vient d'être réduite au silence.

Que pourrait-il faire de plus ?

Mais Krennic a sous-estimé Tarkin. Le Grand Moff n'a que faire de ses dites défaillances ni du travail formidable qu'il accompli. Il se contente d'attendre que l'Étoile de la Mort soit opérationnelle. Car il compte se l'approprier, quoi qu'il arrive.

– Vous croyez que ce pilote a agi seul ? glousse Tarkin. Il a été téléguidé depuis le centre de recherche sur Eadu. Le laboratoire de Galen Erso.

En plus de lui voler son instant de gloire, le Grand Moff cherche à salir sa réputation. Mais Krennic n'a pas l'intention de le laisser faire. Si Eadu est à l'origine de tout, il s'y rendra lui-même pour détruire le mal à sa racine.

– On va s'occuper de ça ! gronde-t-il avant de quitter le pont supérieur de ce qui, à ses yeux, est et restera à jamais *son* Étoile de la Mort.

CHAPITRE 8

Une fois le passage en hyperespace réussi et le vaisseau hors de danger immédiat, Cassian s'empresse d'envoyer un message crypté à l'intention du général Draven au centre de commandement de la Rébellion sur Yavin 4. L'Alliance doit apprendre au plus vite ce qu'il s'est passé sur Jedha.

Il écrit : « Arme confirmée. Jedha détruite. Cible mission localisée sur Eadu. Attends vos instructions. »

Cassian n'a aucune envie d'assassiner le père de Jyn. Dans une galaxie idéale, leur mission consisterait à faire exactement ce que le conseil a indiqué à Jyn : trouver Galen Erso et le ramener en vie pour qu'il témoigne devant le Sénat.

Mais avec le sort de la galaxie en jeu, Cassian comprend que le général Draven refuse de prendre le moindre risque avec Galen.

Il pivote sur son fauteuil pour jeter un regard aux autres. La destruction de Jedha City les a tous traumatisés à leur façon. Bodhi est secoué de tremblements, qu'il essaie en vain de maîtriser. Assise le regard fixe, Jyn se tient aussi immobile qu'une statue.

Chirrut, lui, ne cesse de secouer la tête, incapable de croire à ce qui vient d'arriver.

– Baze, dis-moi… Toute la ville ? Il n'en reste rien ?

Le guerrier ne cherche pas à déguiser la réalité.

– Non. Plus rien.

La réponse du général Draven ne tarde pas à arriver : « Ordres toujours d'actualité, lit Cassian une fois le message décrypté. Passer rapidement à l'acte selon le plan arrêté. »

Cassian comprend ce que cela signifie : sa mission consiste toujours à tuer Galen Erso dès qu'il en aura l'opportunité.

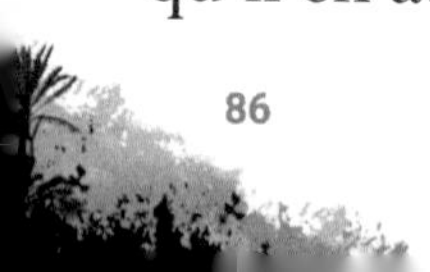

Il n'est pas sûr de partager ce point de vue, désormais. Après tout, si l'Étoile de la Mort est déjà opérationnelle, à quoi bon tuer Galen ? Il leur serait certainement plus utile vivant.

Mais les ordres sont les ordres.

– Cap sur Eadu ! indique-t-il à K-2SO.

Jyn émerge de sa torpeur.

– C'est là que mon père se trouve ? demande-t-elle.

– Oui, je crois, répond Cassian.

Le pilote impérial redresse vivement la tête.

– Tu es la fille de Galen ?

Jyn se tourne dans son fauteuil pour lui faire face.

– Tu le connais ?

Bodhi opine nerveusement du chef.

– Il a dit que je pouvais devenir un type bien, raconte-t-il d'une voix balbutiante. Qu'il n'était pas trop tard pour me racheter si j'avais le courage d'écouter mon cœur et d'agir.

Il marque une pause, fronce les sourcils au souvenir de ce qui vient d'arriver à Jedha City et ajoute :

– Mais il était trop tard.

Jyn secoue la tête.

– Il n'était pas trop tard.

Baze renifle avec dédain. Chirrut et lui ne viennent-ils pas de perdre tous ceux qu'ils connaissaient ?

– Je trouve ça un peu trop tard, en ce qui me concerne.

Mais Jyn secoue de nouveau la tête avec vigueur.

– Non. On peut mettre ce projet fou en échec.

C'est la chose la plus optimiste que Cassian ait jamais entendue de sa bouche. C'est même la chose la plus optimiste qu'il ait entendue depuis un bout de temps. Intrigués, les passagers du vaisseau accordent à la jeune fille toute leur attention.

– Mon père a adressé un message à Saw, raconte-t-elle. Je l'ai visionné. Il parle de cette arme : l'Étoile de la Mort. C'est le nom qu'ils lui ont donné… Mais elle n'est pas invincible.

Son regard se pose sur Cassian, et le rebelle peine à garder un visage impassible.

– Tu t'es trompé sur mon père.

A-t-elle des soupçons sur le véritable objectif de leur mission ? Il a veillé à ne rien laisser filtrer, mais elle se doute visiblement de quelque chose.

– Il l'a construite, lui fait-il remarquer.

– Il savait qu'il ne leur était pas indispensable.

Le message a changé quelque chose en elle. Cassian le voit bien. Jusqu'à maintenant, sa position n'était pas claire vis-à-vis de l'Empire et de la Rébellion. Mais quoi que son père ait pu lui dire, ses yeux brillent d'un nouvel éclat.

– Alors, mon père a fait un choix, poursuit-elle. Il s'est sacrifié pour servir la Rébellion. Il a intégré un piège dans le système. C'est pour ça qu'il t'a envoyé, ajoute-t-elle en se tournant vers Bodhi. Pour transmettre ce message.

– Où est ce message ? veut savoir Cassian.

– C'était un hologramme.

Ce n'est pas la question. Il souhaite visionner le message lui-même. Regarder Galen dans les yeux et jauger sa personnalité.

– Et tu l'as récupéré, ou pas ?

Le visage de Jyn se décompose.

– Tout s'est passé très vite…

Cassian ne peut pas vraiment lui en vouloir. C'est lui qui l'a poussée à fuir au plus vite la base de Saw.

– Tu l'as vu ? demande-t-il à Bodhi.

Le déserteur secoue la tête, visiblement peiné de les décevoir. Au moins, Cassian sait qu'il dit la vérité.

– Tu ne me crois pas, réalise Jyn.

– Ce n'est pas moi qu'il s'agit de convaincre, réplique Cassian, le front plissé.

– Moi, je la crois, intervient Chirrut.

– C'est bon à savoir, marmonne Cassian, sans chercher à savoir si le moine a senti ou non le sarcasme dans sa voix.

– Quelle sorte de piège ? demande Baze à Jyn. Tu as dit qu'il avait piégé le système.

– Dans le réacteur, répond-elle, heureuse de voir que le guerrier la croit, lui aussi. Il y est placé depuis des années, bien caché. Il a ajouté que si une explosion avait lieu dans le module, tout le système s'effondrerait.

Elle se retourne vers Cassian et poursuit :

– Tu dois avertir l'Alliance. Il faut les informer qu'il existe un moyen de détruire cette arme. Dis-leur d'aller sur Scarif récupérer les plans.

Cassian secoue la tête.

– On est en plein territoire impérial. Je ne peux pas prendre le risque de transmettre un tel message.

Cela pourrait ressembler à une fausse excuse, mais c'est la stricte vérité. Cassian ne fait aucune confiance au protocole de cryptage de la Rébellion. Cela suffit pour envoyer des messages obliques comme ceux qu'il a échangés avec Draven, mais dès que cela devient plus spécifique, il refuse de prendre ce risque.

Jyn le dévisage un long moment.

– Alors, il y a plus simple, lâche-t-elle enfin, le menton pointé en avant. Allons chercher mon père et ramenons-le. Et il leur expliquera tout.

Cassian hoche lentement la tête. Après tout, c'est la mission que l'Alliance a confiée à la jeune femme.

Malheureusement, les ordres que lui a reçus sont bien différents…

Bodhi Rook ne se rappelle pas avoir eu aussi peur de toute sa vie. Et ce n'est pas peu dire, étant donné l'angoisse des journées qu'il vient de passer. Tout ce temps, du moins, son destin reposait entre ses mains. Là, il se retrouve forcé, bien que pilote lui-même, à regarder un droïde impérial reprogrammé essayer de poser un U-wing au milieu d'une horrible tempête et de gigantesques formations rocheuses.

Il ne peut s'empêcher de coacher K-2SO depuis son siège à l'arrière. S'il comprend que les rebelles ne lui fassent pas encore assez confiance pour le laisser piloter le vaisseau, il commence à se dire qu'il aurait dû insister pour prendre les commandes malgré tout.

– Non, plus bas, s'écrie Bodhi. Plus bas ! Il y a des capteurs partout. Il y a des patrouilles.

Il ne faut surtout pas sortir du canyon. Rasez le sol !

– Attention à droite ! crie Cassian au droïde.

Pour une machine normalement dotée de réflexes fulgurants, K-2SO ne semble pas si doué que ça pour le pilotage.

À cet instant précis, le vaisseau traverse une poche d'air, et la turbulence éjecte Bodhi de son fauteuil.

Le droïde ne semble pas plus perturbé que cela, mais tient néanmoins à faire un point sur la situation :

– La probabilité d'échec est de 26 %.

Cassian jette un coup d'œil vers Bodhi.

– C'est encore loin ?

Le pilote répond par un haussement d'épaules irrité.

– Je ne sais pas. En réalité, je ne viens jamais par ici… Mais on ne doit pas être loin, ajoute-t-il à la hâte. On ne doit pas être loin !

– La probabilité d'échec est de 35 %, maintenant.

Bodhi se sent pris d'une envie impérieuse de frapper K-2SO, mais Cassian se charge de rabrouer le droïde :

– Je préfère ne pas savoir ! Merci.

– Je comprends, rétorque K-2SO, mais Bodhi a de sérieux doutes sur la question.

Le pilote s'efforce d'ignorer le droïde et de rester concentré sur la baie d'observation de l'U-wing. Les rochers lui semblent familiers, même s'il n'a pas l'habitude de les voir de cet angle.

Il sait qu'ils sont tout proches, mais proches à quel point ?

Trop proches !

– Maintenant ! Posez-vous maintenant !

– Les vents… proteste le droïde.

– Si vous continuez plus loin, le coupe Bodhi, vous arriverez juste au-dessus du dépôt !

Il suffit qu'une seule personne du dépôt de navettes les aperçoive pour qu'elle déclenche aussitôt l'alarme.

Comme pour donner raison à Bodhi, les lumières du dépôt transpercent soudain l'orage, telles des lances projetées vers le ciel. Saisissant le danger, K-2SO fait réaliser au vaisseau un demi-tour serré.

Le flanc de l'U-wing heurte une colonne rocheuse, et le choc fait vibrer l'appareil tout entier.

– Tenez-vous bien ! s'écrie Cassian. Ça va secouer !

Le vaisseau percute violemment le sol. À en croire le bruit, l'une des jambes du train d'atterrissage n'a pas dû supporter l'impact, et vu la façon dont l'U-wing s'incline, il doit s'agir du train avant.

Bodhi a déjà assisté à des crashs comme celui-ci. Il est parfois possible – lorsqu'il y a un astroport amical à proximité et une équipe de mécaniciens rapides et doués – de réparer le vaisseau.

Mais un groupe de rebelles perdu au milieu d'un territoire impérial n'a aucune chance.

L'angoisse de Bodhi monte d'un cran.

CHAPITRE 9

Sorti inspecter le vaisseau dans la tempête et l'obscurité, Cassian n'aime pas du tout ce qu'il voit. L'atterrissage – si on peut appeler ça comme ça – a non seulement détruit le train mais aussi d'autres parties du vaisseau. Ils n'iront pas plus loin avec.

En plus de trouver et d'assassiner Galen Erso, il lui faut maintenant dénicher un vaisseau assez gros pour les accueillir tous les six et les mettre à l'abri.

Le pire dans tout ça, c'est que le système de communication du vaisseau a été détruit dans le crash, lui aussi. Ce qui signifie que Cassian ne peut même pas appeler à l'aide.

Lorsqu'il retourne à bord du vaisseau, tous les yeux se braquent sur lui. Il sait que ses compagnons attendent de lui qu'il élabore une sorte de plan. Il ne lui reste plus qu'à en trouver un dans lequel ils ne meurent pas tous à la fin – en tout cas, pas avant d'avoir accompli la mission.

– Bodhi, dit-il. Où est le labo ?

– Le centre de recherches ? De l'autre côté de la crête.

– Et il y a un dépôt de vaisseaux droit devant nous… tu en es sûr ?

Le pilote hoche la tête.

– Oui. Certain.

Bien que l'homme semble encore sous le choc, Cassian décide de lui faire confiance.

– Espérons qu'il restera un vaisseau impérial et qu'on pourra le voler. Voilà ce qu'on va faire…

D'un regard circulaire, il s'assure que tout le monde l'écoute. Ils semblent tous pendus à ses lèvres.

– Avec un peu de chance, le mauvais temps va se maintenir et on ne sera pas repérés. Bodhi, tu viens avec moi. On monte sur la crête et on voit ce qu'il en est.

Le pilote bondit sur ses pieds et lui adresse un signe de tête déterminé. Il est prêt. Jyn se lève également et va se placer à côté de lui.

– Je viens avec vous.

Cassian secoue la main.

– Non. Le message de ton père… On ne peut pas prendre ce risque. Il n'y a que toi qui l'aies vu.

Il a conscience de la faiblesse de l'argument, mais il n'a pas trouvé mieux. Il n'est pas envisageable de lui dire : « Je ne veux pas t'avoir près de moi, parce que je risque de devoir tuer ton père. »

– Quelle importance ? rétorque Jyn. Puisque tout le monde ici sait ce qu'il contient.

Elle sent qu'il essaie de la protéger de quelque chose. Cassian espère seulement qu'elle ne devinera pas de quoi.

Il s'apprête à répondre que personne ne saurait se rappeler exactement ce qu'elle a dit, lorsque K-2SO prend la parole :

– « Une déflagration dans le module du réacteur et tout le système s'effondre. » C'est ce que tu as dit : « tout le système s'effondre ».

– Occupe-toi de rétablir nos communications ! rétorque sèchement Cassian avant de se tourner vers Jyn, l'air décontracté. Tout ce que je veux, pour l'instant, c'est évaluer précisément à quoi on risque d'être confrontés.

Il a dû mentir à une foule de personnes au fil des ans. Pourquoi est-ce si difficile de lui mentir à elle ? Peut-être parce qu'elle appartient au même camp que lui, à présent, et qu'il n'a pas envie de la trahir ?

– Alors, on va y aller à deux, poursuit-il. Très discrètement. On va gagner le sommet de la colline et voir ce qu'il en est. Allons-y.

Jyn croise les bras sur sa poitrine. Elle semble toujours méfiante, mais ne prononce aucune objection. *C'est déjà ça,* songe Cassian.

Bodhi le suit dans la tempête, et Cassian réfléchit à la route à suivre. Il repère un chemin qui descend et un autre qui grimpe dans les hauteurs. Il se dirige vers celui du bas, mais Bodhi le retient.

– Non, non. Il faut monter.

Bodhi prend alors la tête, et Cassian lui emboîte le pas.

Jyn commençait tout juste à apprécier Cassian. Il s'est bien débrouillé à Jedha City.

Elle comprend pourquoi la Rébellion a décidé de l'envoyer avec elle sur cette mission. Il semble capable de gérer toutes les situations qui lui tombent dessus, et elle respecte ça.

Au cours du voyage vers Eadu, toutefois, il s'est replié sur lui-même. Et le fait qu'il insiste pour aller faire un tour de reconnaissance avec Bodhi en laissant le reste du groupe à bord du vaisseau accidenté ne lui plaît pas du tout.

D'autant que le prétexte avancé par le capitaine ne tient pas la route.

– Est-ce qu'il a l'air d'un tueur ? demande Chirrut à Baze.

– Non. Il a un visage amical, répond le guerrier.

Cela ne cesse d'impressionner Jyn. Ces deux hommes partagent une amitié si ancienne et si étroite qu'ils n'ont pas besoin d'explications pour se comprendre. Elle, en revanche…

– De qui vous parlez ? demande-t-elle.

Baze indique la porte du vaisseau d'un signe de tête.

– Du capitaine Andor.

Cassian ? Les deux hommes auraient-ils remarqué quelque chose qui lui aurait échappé ?

– Pourquoi tu dis ça ?

Baze hausse les épaules.

– La Force est plus obscure dans le sillage d'une créature qui s'apprête à tuer, explique Chirrut.

Qu'est-ce que ça veut dire ? Jyn n'est pas disposée à accorder beaucoup de crédit aux élucubrations d'un moine à propos d'une religion oubliée.

– Son arme est configurée comme celle d'un sniper, fait alors remarquer K-2SO sur un ton désinvolte tout en s'affairant à réparer le système de communication.

Le droïde a l'horrible habitude de dire tout ce qui lui passe par la tête. Mais il se pourrait, cette fois-ci, que ce soit à l'avantage de Jyn.

Elle ignore ce que Cassian a l'intention de faire. Elle n'a pas vraiment de preuve qu'il s'apprête à tuer quelqu'un.

Mais ce n'est pas une cour de justice. Elle n'a pas besoin de preuves. La seule chose dont elle ait besoin, c'est de découvrir la vérité… avant qu'il ne soit trop tard.

Sans un mot, Jyn franchit la porte de l'U-wing et se glisse dans la nuit orageuse.

Elle n'est pas sûre de savoir par où sont partis Cassian et Bodhi, mais ils ne se seront sans doute pas attardés à proximité du vaisseau. Elle choisit donc la direction qui lui semble la plus probable et s'enfonce dans l'obscurité.

Jyn se retrouve bientôt face à une fourche proposant un chemin montant et un autre descendant. Ce dernier lui paraît plus à même de la conduire jusqu'à la base. C'est donc celui-ci qu'elle choisit.

Baze observe Jyn, qui quitte l'U-wing, en fronçant les sourcils. Il s'est déjà retrouvé dans des situations comme celle-ci avec un groupe de soldats. Au lieu de se serrer les coudes – de travailler en équipe – pour espérer survivre, ceux qui avaient des responsabilités semblaient déterminés à laisser le reste de l'équipe dans le flou le plus total.

Toutefois, le chagrin qu'il ressent en ce moment est trop grand pour vraiment s'en soucier. Toutes ses pensées sont tournées vers Jedha et ses habitants.

Il est né et a grandi sur cette planète, et même s'il en est parti plusieurs fois, elle est toujours restée le centre de son univers.

Tous ceux auprès de qui il a été élevé. Les prêtres. Les gens du Temple.

Tous morts. Sans exception.

À part Chirrut.

C'est vrai, Chirrut est son plus ancien et meilleur ami. Ils partagent tous les deux un lien que rien au cours de leur vie n'a jamais pu briser. Pas même la destruction de leur foyer.

Mais quel est leur foyer aujourd'hui ? Retrouveront-ils un jour un lieu où se sentir chez eux ? Et – plus important encore aux yeux de Baze – que peuvent-ils faire pour se venger des monstres qui ont assassiné tous ces gens ?

Baze est tellement absorbé par ses pensées qu'il ne remarque pas tout de suite que Chirrut se dirige vers la sortie du vaisseau.

Son ami n'ira nulle part sans lui – et encore moins au cœur d'une tempête. Il se lève et le suit à pas feutrés.

Une fois tous deux à l'extérieur de l'U-wing, Baze vérifie d'un regard circulaire que Jyn n'est pas restée dans les parages. Chirrut, quant à lui, se contente d'avancer tout droit en tâtant le sol de son bâton.

– Où vas-tu ? demande le guerrier à son ami.

C'est de la folie pure pour un aveugle de se promener sur la crête d'une montagne fouettée par le vent à proximité d'une base impériale, et l'un comme l'autre le savent.

– J'accompagne Jyn ! répond Chirrut. La voie qu'elle suit est claire.

– Seul ? Bonne chance !

Baze n'a aucune envie de se retrouver trempé jusqu'aux os. Tant pis si Jyn, Cassian et ce pilote impérial finissent par se perdre dans l'orage !

– Je n'ai pas besoin de chance, rétorque Chirrut, puisque tu es là…

Baze grimace. Il n'a pas le choix : il va devoir suivre son ami, que cela lui plaise ou non.

CHAPITRE 10

Bodhi peste intérieurement tandis qu'il poursuit son ascension de la crête sous une pluie battante. Cassian le suit de près, le visage fermé. Cette petite randonnée en montagne ne semble pas ravir l'espion non plus. Une fois arrivés au sommet, les deux hommes ne peuvent rater la base impériale secrète. La majeure partie du bâtiment se trouve enfouie au creux de la falaise située face à eux. N'est réellement visible que sa plateforme d'atterrissage, éclairée par des projecteurs.

Cassian sort une paire de jumelles quadroculaires et les pointe vers la plateforme. Bodhi doute qu'il y ait quoi que ce soit d'intéressant à regarder, mais il décide de laisser l'espion espionner à sa guise.

C'est alors qu'une section de stormtroopers investit la zone d'atterrissage.

Bodhi s'étonne : ça ne correspond pas à la procédure habituelle. Chaque fois qu'il est venu livrer sa cargaison ici, seule une petite poignée de soldats en armure blanche se chargeait de l'accueillir.

Cassian lui tend les jumelles.

– Alors ? Tu vois Erso ?

Le pilote prend la paire de quadroculaires et zoome sur les individus rassemblés sur la plateforme.

Il ne voit personne d'autre que les stormtroopers. Malgré la pluie, ils se tiennent tous au garde-à-vous, comme pour une inspection.

Puis d'autres soldats apparaissent. Ils escortent les ingénieurs du projet.

Et parmi eux se trouve Galen Erso.

Il doit se passer quelque chose d'important. C'est déjà insolite de voir les ingénieurs sortir en plein milieu d'un orage, mais qu'Erso se joigne à eux…

Bodhi rend les jumelles à Cassian.

– *C'est lui !* Oui, c'est bien Galen. Dans une tenue foncée.

Cassian pointe les quadroculaires sur l'homme désigné par Bodhi. Son visage s'assombrit.

Un énorme vrombissement s'élève soudain derrière eux. Bodhi identifie aussitôt le bruit d'une navette impériale.

Lui saisissant le bras, Cassian force le pilote à s'aplatir sur le sol tandis que le vaisseau les survole pour se diriger vers la plateforme d'atterrissage.

Le rebelle lui indique le chemin qu'ils viennent de gravir.

– Redescends et trouve-nous un appareil pour qu'on puisse ficher le camp d'ici.

Bodhi acquiesce. L'U-wing n'est pas près de voler à nouveau. S'ils veulent quitter Eadu, il va leur falloir un vaisseau de rechange.

D'ailleurs, il sait déjà quel appareil choisir.

Mais au moment de tourner les talons pour partir, il voit Cassian régler la lunette de son fusil.

– Mais qu'est-ce que vous faites ? demande-t-il.

– Tu m'as entendu ?

– Vous avez dit que vous vouliez monter ici jeter un coup d'œil.

– C'est ce que je fais. Va-t'en. Allez !

Bodhi fronce les sourcils. C'est Cassian l'espion, bien sûr, et il s'agit de son opération. Mais il pressent que quelque chose ne tourne pas rond.

Bodhi le dévisage encore quelques instants, puis commence à rebrousser chemin. Quelles que soient les intentions de Cassian, il va leur falloir une nouvelle navette – et vite !

Krennic fulmine tout le long de son voyage vers Eadu. À en croire les insinuations de Tarkin, la trahison de ce pilote renégat – un certain Rook – ne représenterait qu'une partie du problème.

Et, en effet, comment un simple pilote pourrait-il à lui seul représenter la moindre menace pour l'Étoile de la Mort ?

Il semblerait néanmoins que ce Rook dispose d'informations susceptibles d'être utilisées contre la station de combat. Krennic n'a aucune idée de leur nature, mais il soupçonne Tarkin d'avoir vu juste quant à la source de la fuite. Tous ces problèmes doivent trouver leur origine sur Eadu.

Krennic ignore si cela permettra d'améliorer sa situation personnelle, mais il est déterminé à démasquer les traîtres et à arracher le mal à sa racine. Définitivement.

Le temps que sa navette atterrisse sur Eadu, toute la base a déjà été alertée de son arrivée. Sur la plateforme, il est accueilli par une section de stormtroopers accompagnée des principaux responsables du laboratoire de recherche.

Krennic les laisse patienter sous la pluie un peu plus longtemps que nécessaire, comme pour leur rappeler qui est le patron.

Il n'y a ni Tarkin, ni Empereur, ni Dark Vador, ici. Dans ce laboratoire, c'est lui qui commande.

Il émerge de son vaisseau dans la nuit froide et pluvieuse, ses death troopers à ses côtés. Debout devant le groupe des responsables, Galen Erso s'avance alors pour accueillir son vieil ami.

– Excellente nouvelle, Galen, lui annonce Krennic. La station de combat est terminée. Vous pouvez être fier !

– Très bien, Krennic. Je m'en félicite.

Galen ne semble pas plus enthousiaste que cela, mais il faut dire qu'il ne sourit pas très souvent. Depuis que Krennic a été forcé de le ramener de Lah'mu, en tout cas. Ce sont des choses qui arrivent quand on perd sa femme et son enfant, mais Galen a su parfaitement s'adapter sur Eadu, se jetant à corps perdu dans le travail.

– Appelez vos ingénieurs. J'ai à vous parler.

Galen transmet l'ordre à ses subalternes. Quelques instants plus tard, son équipe entière s'approche de Krennic.

L'Impérial s'avance d'un pas et toise l'ensemble des scientifiques de son regard d'acier. Face à une trahison de cette envergure, il n'y a qu'une seule façon de réagir : la cruauté pure et absolue.

– Messieurs, l'un d'entre vous s'est entendu avec un pilote pour transmettre un message à la Rébellion. J'invite donc ce traître à sortir du rang.

Les ingénieurs échangent des regards étonnés.

Krennic laisse s'écouler plusieurs longues secondes, puis il reprend :

– Bon, très bien, la responsabilité est donc collective. Soldats !

Les death troopers pointent leurs armes sur l'équipe.

Si cela ne les fait pas craquer, il ne voit pas bien ce qui le fera. Voilà encore quelques jours, il aurait sans doute hésité à donner un tel ordre, de peur de perdre une équipe des plus précieuses, mais maintenant que l'Étoile de la Mort est opérationnelle, il a moins de scrupules.

Krennic lève la main.

– À vos armes ! En joue…

Mais avant qu'il puisse abaisser son bras et crier « Feu ! », Galen bondit en avant pour intervenir.

– Arrêtez ! Non ! Ne tirez pas !

Krennic fait signe aux death troopers de rester en position.

– C'est moi ! Ils n'y sont pour rien ! s'exclame Galen. Épargnez-les.

Krennic lui indique de s'approcher, et le scientifique s'avance, le dos courbé, prêt à subir son courroux.

Mais une fois Galen hors de la ligne de mire, l'Impérial jette un regard méprisant sur les ingénieurs et, d'un mot, scelle leur destin :

– Feu !

Les death troopers illuminent la nuit du feu de leurs blasters, et les scientifiques s'écroulent un à un, morts avant même d'avoir touché la plateforme.

Cassian assiste, horrifié et impuissant, au massacre des scientifiques. Depuis quelques minutes déjà, il observe la scène à travers la lunette de son fusil dans l'attente d'une ligne de mire dégagée pour abattre Galen Erso. Une occasion vient justement de se présenter, mais il a renoncé à presser la détente.

Comment pourrait-il tirer sur un homme prêt à se sacrifier pour sauver ses coéquipiers ?

Sans compter qu'il s'agit du père de Jyn. Son assassinat pourrait la briser, elle aussi.

Ils ont beau être séparés depuis des années, il voit bien qu'elle l'aime toujours.

Échangeant son fusil contre ses jumelles, Cassian aperçoit Krennic, qui gifle Galen d'un revers de la main. Le savant tombe à genoux, une main posée sur sa joue endolorie.

Cassian baisse ses quadroculaires et, ce faisant, repère Jyn juste en dessous de la plateforme. Elle tente de se hisser sur le rebord, mais ne semble pas avoir remarqué le stormtrooper qui avance vers elle.

Il ne sait pas quoi faire pour l'aider. Si le stormtrooper la repère, Jyn est fichue. Si Cassian abat le soldat, la décharge risque également d'attirer l'attention sur elle.

Le stormtrooper s'approche du bord de la plateforme et scrute l'obscurité à travers le rideau de pluie. Il lui suffirait de baisser les yeux pour découvrir Jyn…

Mais la jeune femme le repère en premier. Plutôt que d'essayer de se cacher, elle tend le bras, saisit l'extrémité de son fusil, puis tire de toutes ses forces et fait basculer le soldat par-dessus bord.

Une voix parasitée jaillit du comlink de Cassian :

– Cassian ? Cassian, tu m'entends ? demande K-2SO.

– Je suis là. Tu as réparé ?

– Affirmatif, répond le droïde. Mais nous avons un problème. Une escadrille de l'Alliance approche. Évacuez la zone.

Cassian manque de lâcher son comlink.

– Non, non ! Dis-leur de ne pas intervenir ! Jyn est sur la plateforme !

Le rebelle grimace. Il sait comment se déroule ce genre d'attaque. L'escadrille va maintenir le silence radio à partir d'un certain point. Il serait dommage que l'Empire sache qu'ils approchent, après tout.

Qu'importe le rang de la personne en train de leur crier de faire demi-tour – qu'il s'agisse du général Draven ou d'un subalterne –, il y a de fortes chances pour qu'il soit déjà trop tard.

Le regard noir, Krennic toise Galen, toujours agenouillé. L'homme a beau être l'un des esprits les plus brillants qu'il connaisse, il ne vaut plus grand-chose quand il s'agit de se battre.

Il peine à croire que Galen soit celui qui l'ait trahi. Pendant tout ce temps, il aurait agi en secret contre lui – contre l'Empire ? Il n'aurait jamais cru que le scientifique puisse faire preuve d'une telle ténacité.

Bien sûr, Krennic lui avait offert la meilleure des motivations.

Si seulement Lyra ne s'était pas montrée aussi têtue. C'est elle qui avait poussé Galen à quitter son travail. Et puis il y a eu ce jour où elle a menacé Krennic de son blaster…

Elle ne lui avait pas laissé le choix…

Maintenant qu'il sait qui est vraiment Galen – un traître vis-à-vis de l'Empire et de son amitié –, Krennic souhaite le faire payer pour ses crimes. Il veut le voir souffrir.

– Jedha. Saw Gerrera et sa bande de fanatiques. Leur ville sainte. Le dernier vestige des Jedi. Tout a disparu !

Galen serre les dents et, relevant la tête, lui décoche un regard plein de défi.

– Vous ne gagnerez jamais.

Krennic ne peut s'empêcher de sourire.

– J'ai déjà entendu ça, il y a longtemps…

Lyra a dit exactement la même chose avant de mourir.

Une alarme se déclenche subitement. C'est celle qui signale une attaque aérienne.

Krennic lève les yeux vers le ciel. S'agit-il d'un exercice ?

Il est fixé lorsque le premier X-wing émerge des nuages sombres pour mitrailler la plateforme d'atterrissage, projetant plusieurs stormtroopers dans les airs.

Krennic ressort indemne de cette première salve.

– Tir de barrage en réponse ! aboie-t-il à ses death troopers. Tous à vos postes, ajoute-t-il à l'intention des autres soldats. Faites tout de suite décoller nos chasseurs !

Une pluie de feu laser arrose à nouveau la plateforme tandis qu'une escadrille entière d'X-wings fuse au-dessus de leurs têtes.

Puis le silence revient, mais Krennic sait que ça ne durera pas longtemps. Il ne fait aucun doute que les chasseurs vont faire demi-tour pour effectuer un second passage.

Voyant Galen se relever péniblement, il envisage de l'abattre sur-le-champ pour s'assurer que les rebelles ne lui volent pas sa vengeance.

Mais il reste malgré tout plus inquiet pour sa propre survie. Alors qu'il s'apprête à courir s'abriter à l'intérieur, une femme apparaît au milieu de la fumée. Elle est jeune, a le regard ardent et des cheveux noirs tirés en arrière.

– Papa !

Galen fait volte-face. Au même instant, la femme pointe son blaster sur Krennic. L'espace d'un instant, il songe qu'il va peut-être mourir sans même connaître l'identité de sa meurtrière.

Puis un Y-wing les survole dans un vrombissement formidable et lâche une torpille à protons qui pulvérise la plateforme.

CHAPITRE 11

Jyn ne pensait pas réussir à atteindre la plateforme d'atterrissage, mais voir son père, debout juste au-dessus d'elle, l'a poussée à prendre des risques insensés.

Elle parvient à progresser vers un coin isolé de la plateforme, où elle trouve un container derrière lequel se cacher. De cette position privilégiée, elle aperçoit à nouveau son père et ressent le besoin pressant de se précipiter vers lui. Elle sait, toutefois, que Krennic l'abattrait sur-le-champ. Elle doit attendre une meilleure opportunité.

Soudain des X-wings apparaissent dans le ciel. Aussi fou que cela puisse paraître, elle décide de se lancer. Si Krennic survit à cette attaque, il fera exécuter son père, tout comme il vient de le faire avec ces ingénieurs innocents. La confusion, la terreur – et la fumée ! – provoquées par l'attaque lui offrent une diversion idéale.

Elle se fait la promesse que Krennic ne lui volera pas son père une seconde fois, comme il l'a fait des années auparavant, sur Lah'mu. Elle crie en direction de Galen et leurs regards se croisent.

C'est alors qu'une torpille frappe la plateforme.

L'explosion propulse Jyn dans les airs. Sous le choc, elle lève les yeux, convaincue d'être la cible des X-wings, et aperçoit une escadrille de chasseurs TIE se précipitant à leur rencontre. Jamais elle n'a été aussi heureuse de voir les pilotes de l'Empire accomplir leur devoir.

Des tourelles antiaériennes se joignent au combat, prenant les rebelles pour cibles. En temps normal, Jyn essaierait d'éliminer les stormtroopers qui les manipulent, mais si son père et elle n'ont pas encore été réduits en cendres par une seconde torpille, c'est bien grâce à eux.

Ses oreilles se mettent à siffler, et elle peine à reprendre son souffle. Elle aperçoit deux officiers de l'Empire qui surgissent de la fumée et courent vers Krennic pour tenter de l'entraîner vers son vaisseau.

Au-dessus d'elle, une tourelle fait mouche : un X-wing touché virevolte, puis va s'écraser quelque part dans les montagnes.

Jyn reconnaît ensuite la décharge caractéristique d'une arbalète, qui jaillit d'un autre massif pour se diriger droit sur un chasseur TIE. Le vaisseau tourne sur lui-même, puis se fracasse contre la tourelle. Une énorme explosion secoue à nouveau la plateforme dans une lumière blanche.

Jyn secoue la tête à plusieurs reprises pour retrouver ses esprits, sans succès. C'est tout juste si elle distingue l'endroit de l'envers.

Elle voit Krennic remonter la rampe de son vaisseau. Il marque une pause, comme s'il voulait faire demi-tour et s'occuper lui-même de l'escadrille rebelle, mais l'un de ses officiers le saisit par le bras et insiste pour qu'il monte à bord.

– Monsieur le directeur, il faut qu'on évacue.

Krennic jette un regard en direction du père de Jyn, inanimé sur le sol. Acquiesçant d'un signe de tête à la suggestion de l'officier, il se retourne et disparaît à l'intérieur du vaisseau. La rampe se referme derrière lui.

Jyn a envie de crier le nom de son père, mais elle voit bien qu'il est incapable de lui répondre. Elle espère de toutes ses forces qu'il est encore en vie.

Elle parvient tant bien que mal à se relever et à retrouver son équilibre. Mais à peine est-elle debout que le souffle du décollage de la navette manque de la balayer de la plateforme. Elle réussit néanmoins à éviter la chute en s'agrippant au dernier moment et, une fois la pression moins forte, à ramper jusqu'à Galen.

C'est tout juste s'il respire encore, et il s'affaiblit rapidement. Elle n'arrive pas à croire qu'elle ait fait tout ce chemin, qu'elle ait survécu à toutes ces années de solitude, pour le retrouver dans cet état, aux portes de la mort.

Elle le prend dans ses bras et le serre contre elle, mais il ne semble pas la reconnaître. La lueur de ses yeux est sur le point de s'éteindre.

– Papa, c'est moi, dit-elle. C'est Jyn.

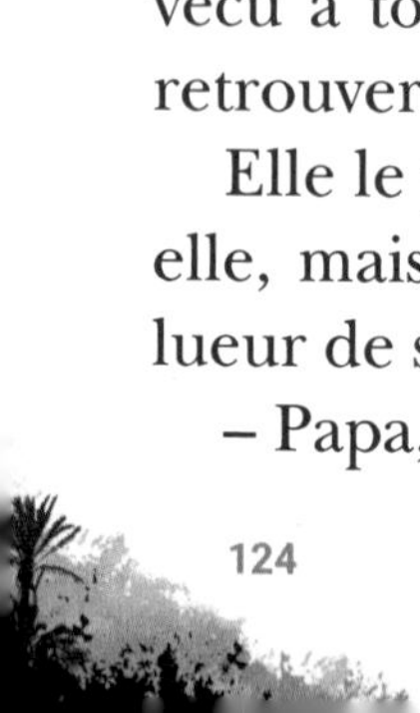

– Jyn ?

Levant les yeux, il scrute son visage pour tenter de la reconnaître.

Cela fait si longtemps. Elle a traversé tant de choses depuis leur séparation.

Elle hoche la tête, les yeux remplis de larmes. Le visage de Galen s'adoucit.

– Ma Nébuleuse… Il faut absolument la détruire.

– Je sais, j'ai eu ton message. L'hologramme, je l'ai visionné.

Il essaie de dire quelque chose, mais s'en trouve incapable. Levant la main, il écarte alors une mèche de cheveux de son visage et lui caresse la joue. Puis ses dernières forces le quittent, et il pousse son dernier soupir.

Jyn le contemple un moment, le visage ruisselant de larmes. Ils ne s'étaient pas vus depuis des années, mais il occupait tant de place dans sa vie au quotidien ! Elle n'arrive pas à croire qu'il est mort.

– Papa ? dit-elle. Non, non ! Papa… Réponds-moi !

Un stormtrooper émerge soudain de la fumée et braque son fusil sur elle. Elle sait qu'elle n'a pas le temps d'atteindre son blaster. Pas avant qu'il ne tire.

Elle va mourir ici, près de son père. Le fait que ce soit bien la dernière chose qu'il aurait voulue ne fait qu'aggraver la situation.

Mais le stormtrooper s'effondre subitement, un trou fumant dans la poitrine. D'un regard circulaire, Jyn cherche à savoir qui a pu la sauver.

Cassian apparaît au loin et traverse la passerelle en courant droit vers elle, son blaster à la main.

– Viens ! dit-il en essayant de l'éloigner de la dépouille de Galen. Il faut partir.

Elle baisse les yeux sur son père et sent le chagrin la submerger.

– Je ne peux pas le laisser.

Cassian se penche vers elle et lui parle d'un ton plus doux mais tout aussi pressant :

– Écoute-moi, c'est fini. Tu ne peux plus rien pour lui. Allez, viens.

Elle déteste l'admettre, mais elle sait qu'il a raison.

– Aide-moi, lui demande-t-elle en lui tendant la main.

Il la remet sur pied d'un geste vif, puis rebrousse chemin au pas de course. Son chagrin continue de l'oppresser, mais Jyn sait qu'elle doit aller de l'avant, sans quoi ils risquent de se faire tuer tous les deux.

Alors qu'ils s'éloignent en courant, une escouade de stormtroopers les repère et se lance à leur poursuite. De nouvelles décharges de blasters fusent depuis la montagne, fauchant les soldats les uns après les autres. Jyn lève les yeux et aperçoit Baze, debout sur une crête au-dessus d'eux, le doigt pressé sur la détente de son arme automatique.

– Par ici ! crie Cassian alors que Jyn lance un dernier regard vers son père. Par ici !

L'espion ouvre la voie, et Jyn le suit le long d'un chemin tortueux menant à une gorge étroite. Derrière eux, les stormtroopers continuent de les prendre pour cibles, provoquant des éboulements le long des parois de la gorge, qui ont l'avantage de bloquer la vue de leurs poursuivants.

Au détour d'un virage s'ouvre devant eux une zone dégagée, où Baze et Chirrut se précipitent pour les rejoindre. L'espace d'un instant, Jyn se réjouit qu'ils soient parvenus à se retrouver tous les quatre, mais il lui revient rapidement en mémoire que leur U-wing est toujours cloué au sol. La meilleure chose qu'ils puissent espérer, c'est de rejoindre Bodhi et K-2SO là-bas, et de livrer leur dernier combat jusqu'à ce que les stormtroopers et les chasseurs TIE finissent par prendre le dessus.

Jyn sursaute en entendant le rugissement d'un vaisseau à l'approche. Est-ce un Y-wing venu les réduire en pièces, pensant qu'il s'agit d'Impériaux en fuite ? Ou un chasseur TIE cherchant à éliminer les intrus rebelles ?

Jyn pense avoir une réponse lorsque le vaisseau apparaît au sommet de la crête : c'est une navette cargo impériale ! Le souffle coupé, elle se prépare à ce qu'elle fasse feu sur eux.

C'est ce qu'elle fait, mais les tirs passent au-dessus d'elle et fauchent les stormtroopers lancés à leur poursuite.

À travers la verrière du vaisseau, Jyn reconnaît Bodhi, derrière les commandes, et K-2SO à ses côtés, en qualité de copilote. Elle est tentée de pousser un cri de soulagement, mais elle se ravise, de peur d'attirer l'attention d'autres soldats.

La navette cargo s'immobilise devant eux en vol stationnaire. Une rampe s'abaisse, et Jyn entend Bodhi leur crier :

– Allez ! Dépêchez-vous ! Vite !

Une fois tout le monde embarqué, Bodhi appuie sur la commande de la rampe pour la remonter et retourne en courant vers le cockpit.

– C'est bon, K-2 ! Allons-y !

– Bien reçu, répond le droïde.

Bodhi et K-2SO conservent une altitude minimale afin de ne pas être vus par leurs ennemis. Ils slaloment dans les gorges, s'éloignant de la base secrète où travaillait le père de Jyn. Et où gît désormais sa dépouille.

Une explosion secoue la base derrière eux, projetant une boule de feu dans la nuit orageuse. L'attaque de l'escadrille rebelle est un succès.

Bodhi actionne une série de boutons sur le tableau de bord tout en donnant des instructions à K-2SO :

– Réacteurs ioniques à bas régime jusqu'à ce qu'on sorte de l'orage.

La tête de Jyn ne cesse de tourner depuis l'explosion de la torpille qui a tué son père. Assise dans la soute, elle prend peu à peu conscience de ce qui vient de se produire et sent la colère monter en elle. Plus elle y pense, plus elle enrage.

– Tu m'as menti.

Tous les regards se tournent vers elle. La fureur qui transparaît sur son visage les laisse tous perplexes. Sauf un.

– Tu es sous le choc, se défend Cassian.

– Tu cherchais mon père pour le tuer.

Tout la porte à le croire : son insistance pour partir en éclaireur sans elle, le bombardement de l'escadrille rebelle alors que son père se trouvait sur la plateforme. Déterminée à l'abattre, la Rébellion avait dû prévoir ce plan B au cas où Cassian échouerait.

– Qu'est-ce que tu racontes ? C'est n'importe quoi, rétorque-t-il en fuyant son regard.

– Je le sais, insiste-t-elle.

– Tu es sous le choc. Tu essaies de trouver un bouc émissaire, j'ai vu ça plein de fois.

– J'imagine, oui, rétorque-t-elle, la mâchoire crispée.

Combien de personnes a-t-il tuées au nom de son Alliance bien-aimée ?

Bodhi s'est tourné vers eux. Jyn voit dans ses yeux qu'il sait qu'elle a raison. Baze aussi. Même Chirrut, le moine aveugle, le sait.

– On le sait tous, ajoute-t-elle. C'est pour ça qu'on est venus sur cette planète et que tu as voulu rester seul une fois là-haut.

Cassian esquisse un rictus.

– J'aurais eu tout le temps d'appuyer sur la détente. Mais est-ce que j'ai tiré ? interroge-t-il les autres. *J'ai tiré ?*

– C'est tout comme. Mon père était une preuve vivante et tu l'as mis en danger. C'est sous les bombes de l'Alliance qu'il est mort !

– C'étaient les ordres qu'on m'avait donnés, rétorque Cassian. Et qu'est-ce que j'ai fait ? J'ai désobéi. Mais tu ne peux pas comprendre !

– Les ordres ? s'étrangle Jyn. Tu appelles ça « les ordres » ? Tu pourrais être stormtrooper !

– De quel droit dis-tu ça ? s'emporte Cassian, furieux. Tout le monde n'a pas le luxe de pouvoir choisir son moment pour prendre les armes. Tout à coup, la Rébellion devient une réalité pour toi. Nous, on la vit tous les jours ! Moi, j'ai commencé à me battre quand je n'avais que six ans ! Tu n'es pas la seule à avoir tout perdu. C'est pour ça que certains d'entre nous ont pris leurs responsabilités.

C'est là leur principal point de discorde. Lui aussi a tout perdu, étant enfant, mais suite à cela, il a décidé de dédier sa vie à l'Alliance. Si la première réaction de Jyn a été la même, le fait que Saw l'ait abandonnée l'a poussée à exclure la Rébellion de sa vie.

– Ça n'enlève absolument rien à la tienne, lâche-t-elle froidement.

– Je n'ai *pas* à me justifier ! s'écrie-t-il.

Surprise par la force de son indignation, Jyn doit reconnaître qu'une partie de ce qu'il a dit est juste. Il n'a pas tué son père. Et il est revenu pour la sauver alors qu'il aurait pu la laisser mourir sur place.

Elle se détourne de lui, étourdie par toutes ces émotions mêlées.

Le visage sombre, Cassian la fixe encore quelques instants, puis il se tourne vers K-2SO.

– Yavin 4, aboie-t-il. Fais-leur savoir qu'on arrive à bord d'un vaisseau volé. Quelqu'un a quelque chose à ajouter ? demande-t-il aux autres passagers.

Personne ne répond. Ni Bodhi, ni Chirrut, ni Baze.

Pas même Jyn.

CHAPITRE 12

Krennic se dit que, d'une certaine façon, les rebelles lui ont rendu service. Il avait déjà prévu de fermer le complexe sur Eadu et, en ce sens, ils ont fait un travail admirable. N'ont-ils pas tué toutes les personnes susceptibles de leur révéler les secrets de l'Étoile de la Mort ?

Évidemment, le fait que les ennemis de l'Empire soient au courant de l'existence d'Eadu n'est pas à son honneur, il s'en rend bien compte. Tarkin ne le verra certainement pas d'un bon œil.

Et tandis qu'il est en chemin pour l'Étoile de la Mort, ses pires craintes se voient confirmées lorsqu'il reçoit une convocation du bras droit de l'Empereur, Dark Vador en personne.

Ce n'est jamais bon signe.

Krennic a déjà rencontré Vador, et cette entrevue l'a laissé passablement irrité. En tant qu'homme de science, il méprise la religion du seigneur Sith, qui se fonde sur une Force imaginaire et d'autres superstitions ridicules.

Ça n'a évidemment pas plu à Vador, et comme ce dernier est dans les petits papiers de l'Empereur, ça n'a pas aidé Krennic non plus. Désormais, il s'efforce de se montrer respectueux envers le seigneur Sith. Ce qui n'est pas si difficile, sachant à quel point l'homme est dangereux.

Vador l'a convoqué dans sa résidence sur Mustafar, une planète consumée par l'activité volcanique. Krennic n'a jamais compris ce qui avait poussé le seigneur Sith à choisir un endroit aussi horrible. D'autant qu'il a récemment découvert, en fouinant dans les dossiers des Renseignements impériaux, que c'est justement sur Mustafar que Vador a été blessé, il y a de cela des années.

Ce sont ces mêmes blessures qui l'obligent à porter un appareil, duquel s'élèvent des bruits effroyables à chaque respiration. *Khooo-pccchhh, Khooo-pccchhh.*

En arrivant sur Mustafar, Krennic ordonne à son pilote d'atterrir près du monolithe de Vador, la grande tour noire qui sert de résidence au seigneur Sith. Il laisse ses death troopers à bord de la navette et pénètre seul dans le bâtiment menaçant.

L'assistant de Vador l'accueille à la porte et le conduit dans une salle d'attente aussi sombre et suffocante qu'un four. Puis Krennic se retrouve forcé de patienter, tel un jeune officier qui n'aurait rien de mieux à faire.

Néanmoins, étant donné sa position précaire en ce moment vis-à-vis de l'Empereur, Krennic n'a d'autre choix que d'en prendre son parti.

Enfin, une porte s'ouvre à l'autre extrémité de la salle, et un flot de lumière perce les ténèbres. Krennic entend l'homme avant même de le voir. *Khooo-pccchhh. Khooo-pccchhh.*

Dark Vador franchit le seuil de la porte, projetant son ombre élancée à travers la pièce. Krennic est pris d'une soudaine envie de fuir.

– Directeur Krennic, le salue Dark Vador de sa voix d'outre-tombe.

Le Sith semble particulièrement contrarié.

– Seigneur Vador...

– Vous avez l'air troublé.

– Non. Je suis simplement pressé par le temps. Il y a énormément de choses à entreprendre.

– Toutes mes excuses, dit Vador sans le moindre regret apparent. Vous avez surtout énormément de choses à expliquer.

Krennic se redresse, le dos bien droit.

– J'ai livré l'arme que l'Empereur demandait. Je sollicite un entretien pour m'assurer qu'il a conscience de son remarquable potentiel.

Krennic cherche à s'assurer que l'Empereur réalise la valeur de l'Étoile de la Mort et, par extension, sa valeur à *lui*.

Mais Vador ne paraît pas convaincu.

– Ce qui s'est confirmé, c'est sa capacité à créer des problèmes. Une ville entièrement rasée. Des installations impériales ouvertement attaquées.

– C'est le gouverneur Tarkin qui a eu l'idée de cet essai, se défend Krennic.

Le seigneur Sith n'apprécie pas que Krennic essaie de faire porter le chapeau à d'autres.

– On ne vous a pas convoqué pour vous voir ramper, monsieur le directeur.

Pour quoi, alors ? se demande Krennic. *Pour être exécuté ?*

– Non, je ne... balbutie-t-il.

– Il n'y a pas d'Étoile de la Mort. Le Sénat a été informé que Jedha avait été détruite par une catastrophe naturelle.

– Oui, Monseigneur.

– J'attends de vous que vous consacriez tous vos efforts à garantir à l'Empereur que Galen Erso n'a en aucune façon compromis l'intégrité de cette arme.

Tournant les talons, Vador se dirige vers la sortie.

– Donc, je suis toujours aux commandes ? interroge Krennic, soulagé. Vous parlerez à l'Empereur de ma…

Les mots restent coincés dans sa gorge. Une main invisible fait pression sur sa trachée. Vador se retourne alors, laissant entrapercevoir une main tendue, les doigts crispés dans le vide. Krennic comprend ce qu'il est en train de faire. La foi du seigneur Sith en son ancienne religion ne lui paraît plus si ridicule.

– Faites attention à ne pas finir étouffé par vos ambitions, directeur Krennic, le menace Vador.

Il abaisse la main, et aussitôt, la pression disparaît. Krennic s'effondre sur le sol, le souffle haletant, mais reconnaissant d'être encore en vie.

Après avoir survécu à un bombardement des forces rebelles sur Eadu, Jyn a du mal à entendre le haut conseil de l'Alliance envisager d'abandonner la bataille et de laisser l'Empire régner pour toujours sur la galaxie.

– Il faut disperser la flotte ! Nous n'avons pas d'autre solution que de nous rendre, affirme la sénatrice Pamlo de Taris.

Des murmures de soutien et de désapprobation s'élèvent parmi les gens rassemblés. Jyn ne peut pas leur en vouloir d'avoir peur. Elle est bien placée pour savoir la menace que représente l'Étoile de la Mort.

– Vous seriez prêts à démanteler notre flotte après avoir déployé tant d'efforts pour la créer ? s'insurge le sénateur Bail Organa d'Alderaan.

L'amiral Raddus intervient :

– On ne va tout de même pas capituler ! s'exclame le Mon Calamarien, avec une expression d'horreur sur son visage grisâtre d'homme-poisson.

Le sénateur Vaspar n'est pas du même avis :

– On a adhéré à une Alliance, pas à un suicide collectif.

– Nous venons à peine de réussir à unir nos forces, reprend le sénateur Organa.

– À unir nos forces ? raille le sénateur Jebel d'Uyter. Le général Draven a déjà bombardé une base impériale !

Draven est l'homme à la tête des Renseignements rebelles. Jyn se dit qu'il est probablement celui qui a donné l'ordre de tuer son père. Bien qu'elle comprenne ce qui a pu motiver son choix, elle ne se croit pas capable de lui pardonner un jour.

– Une décision que quelqu'un devait prendre, se justifie Draven..

– Si c'est une guerre que vous voulez, faites-la seul, assène Pamlo.

– Si ce n'est pas pour se concerter, à quoi sert de s'unir ? demande le sénateur Vaspar.

Raddus désigne Jyn d'un geste impatient :

– Si ce qu'elle dit est vrai, il faut agir sans tarder !

Mon Mothma tente de faire revenir le calme :

– Je vous en prie, messieurs !

– C'est très simple, intervient le général Merrick, un pilote au visage doux. L'Empire dispose d'armes de destruction massive contre lesquelles la Rébellion est impuissante.

Le sénateur Jebel n'est même pas sûr que ce soit un sujet digne d'être abordé.

– Une Étoile de la Mort, c'est ridicule !

Jyn ne peut plus se contenir. Elle n'a certes pas le droit de vote au Conseil, mais ça ne signifie pas qu'elle n'a pas le droit de s'exprimer.

– Vous voulez dire que mon père aurait menti, c'est ça ?

Elle se lève pour capter l'attention de tous et ajoute :

– Et pour quelle raison aurait-il agi ainsi ?

– Pour entraîner nos forces dans une grande bataille finale et nous anéantir une bonne fois pour toutes ? suggère Draven.

– Risquer de tout perdre… Et sur la foi de quoi ? intervient Vaspar, sceptique lui aussi. Du seul témoignage d'un criminel ? Les dernières paroles de son père, un serviteur de l'Empire et de la terreur ?

– N'oubliez pas le pilote, rappelle Jebel.

Bodhi se tient dans un coin. Il ne semble enclin ni à se faire remarquer ni à donner tort au Conseil.

– Mon père a sacrifié toute sa vie pour nous permettre un jour de vaincre l'Empire, proteste Jyn.

– Ça, c'est vous qui le dites, note le général Dodonna.

– Et si l'Empire a déjà acquis cette force de frappe, combien de chances nous reste-il ? demande Pamlo.

– Combien de chances ? répète Jyn, sidérée. Quel choix, vous voulez dire ? S'enfuir ? Se cacher ? Implorer leur pitié ? Disperser vos forces ? Reculer devant un ennemi aussi dangereux et doté d'une telle puissance, c'est condamner à jamais la galaxie à vivre dans la servitude. Au contraire, c'est maintenant qu'il faut se battre. Chaque minute que nous perdons à discuter nous rapproche des cendres de Jedha.

Des voix s'élèvent, demandant à Jyn ce qu'elle propose.

– Envoyez vos meilleures troupes sur Scarif, répond-elle. Envoyez toute la flotte rebelle, si nécessaire. Il faut s'emparer des plans de l'Étoile de la Mort tant qu'il est encore possible de la détruire.

– Vous nous demandez d'investir *manu militari* des installations impériales au nom d'un vague espoir ? résume Pamlo en secouant la tête.

– L'espoir est le moteur de toutes les rébellions, rétorque Jyn avec aplomb.

– Moi, je dis qu'il faut se battre, lance l'amiral Raddus.

L'admiration que Jyn ressent pour le Mon Calamarien monte d'un cran, mais son approbation suffira-t-elle ?

Pas pour Jebel, visiblement :

– Et moi, je pense que la Rébellion a vécu.

Jyn se tourne vers Mon Mothma, espérant son appui.

– Je suis désolée, Jyn… s'excuse-t-elle en écartant les mains. Sans l'accord unanime du Conseil, ce serait trop risqué.

Jyn est consternée. D'un regard circulaire, elle constate que les autres membres du Conseil partagent l'avis de Mon Mothma, qu'ils en soient désolés ou non. Dégoûtée par la Rébellion entière, elle tourne les talons et quitte la salle en trombe.

CHAPITRE 13

Accompagnée de Bodhi, qui l'a suivie hors de la salle de conférences, Jyn se rend dans le hangar où Baze et Chirrut les attendent.

– Tu n'as pas l'air contente, note Baze.

– Ils préfèrent capituler, fulmine Jyn avec un rapide regard en arrière.

– Et toi, non ?

– Non, non. Elle veut se battre, devine Chirrut.

– Moi aussi. Tout le monde, affirme Bodhi.

– La Force est puissante, affirme le moine dans un sourire.

Jyn les dévisage un instant, puis décide de les prendre au sérieux.

– Je ne suis pas sûre qu'on soit assez de quatre, pour ce qu'il y a à faire.

– Combien faudrait-il qu'on soit ? veut savoir Baze.

– Pourquoi tu demandes ça ? l'interroge Jyn.

Le guerrier lui indique quelque chose derrière elle. Elle fait volte-face et voit plus d'une douzaine de soldats à la mine patibulaire sortir des recoins du hangar.

Parmi eux se trouve le sergent qui a dirigé l'attaque pour la libérer de prison. Il porte l'uniforme des Opérations spéciales, comme la plupart des autres.

Cassian se tient debout devant eux, aux côtés de K-2SO.

– Ils n'auraient jamais eu confiance en toi, lui dit-il.

– Ça fait toujours plaisir, je te remercie, rétorque Jyn froidement.

– Mais moi, oui. J'ai confiance en toi, affirme Cassian. On est tous volontaires. La plupart d'entre nous ont fait des choses terribles au nom de la Rébellion : infiltrations, sabotages, exécutions…

Jyn observe les visages des individus alignés devant elle. Presque tous sont humains, à l'exception de K-2SO et d'un Drabatan, un humanoïde à la tête de lézard nommé Pao.

– Chaque fois que j'ai accompli une mission que j'aurais voulu oublier, poursuit Cassian, je me suis dit que si je l'avais fait, c'était pour la bonne cause. Et que ça en valait la peine. Sans ça, on ne supporterait pas d'avoir fait tout ça pour rien. Je ne pourrais plus me regarder dans une glace si j'arrêtais maintenant. Eux non plus.

Les soldats derrière lui hochent la tête.

Jyn reste sans voix. C'est la première fois que tant de gens sont prêts à mettre leur vie en danger, à lui faire confiance à ce point.

Mais le haut commandement a déjà refusé sa proposition de monter une opération. Que peuvent-ils faire sans le soutien de l'Alliance ? Sans ses armes, ses vaisseaux ?

– Ce ne sera pas très confortable, note Bodhi. On sera un peu à l'étroit, mais je pense qu'on devrait tous tenir.

Après quelques secondes d'incompréhension, Jyn réalise qu'il parle du cargo impérial. Celui qu'il a volé. Celui qu'il pourrait de nouveau voler sans difficulté.

Cassian n'est pas du genre à tergiverser longtemps, même lorsque les chances sont minces.

– Bien. Allez vous équiper ! ordonne-t-il aux soldats. Récupérez tout ce qui peut l'être.

Jyn se surprend à sourire. La capacité qu'ont ces militaires à partir se battre sans hésitation l'impressionnera toujours. C'est naturel, pour eux.

Les soldats se dispersent, et K-2SO s'approche d'elle.

– Jyn, je suis à ta disposition. Cassian m'en a donné l'ordre.

La jeune femme secoue la tête, ébahie. Pas par l'honnêteté brutale du droïde – elle a fini par s'y habituer –, mais par le fait que Cassian ait mobilisé des troupes pour elle.

– C'est rare, les gens qui font preuve de solidarité quand les choses tournent mal, dit-elle au rebelle.

– Bienvenue au club, lui répond-il en souriant.

Lorsque Jyn et Cassian grimpent à bord du cargo impérial, ils constatent que la soute est pleine à craquer.

Au milieu des hommes rassemblés par Cassian figurent Chirrut et Baze, qui semblent désormais comme chez eux dans ce vaisseau. Bodhi est déjà aux commandes, et K-2SO occupe le poste de copilote.

Avant de s'asseoir, Jyn observe le groupe de soldats dépareillés avec qui elle espère prendre d'assaut une installation impériale et sauver la galaxie. Une phrase lui vient à l'esprit, la seule qui lui semble adaptée à la situation :

– Que la Force soit avec nous !

Quand tout le monde est installé, Bodhi procède aux vérifications d'avant-vol. Une voix provenant du centre de communication rebelle se fait entendre :

– Navette cargo, répondez, s'il vous plaît. L'accès à ce vaisseau est interdit. Personne

n'est autorisé à monter à bord jusqu'à nouvel ordre.

– Oui, oui… Affirmatif, répond Bodhi.

– C'est un vaisseau impérial confisqué. Pilote, quel est votre nom de code ?

– Il faut qu'on décolle, lui souffle Jyn. Dis n'importe quoi, dépêche-toi !

– Rogue, finit par répondre Bodhi. Rogue One.

– Rogue One ? demande la voix dans la console comm. Ça n'existe pas, Rogue One.

– Eh bien, maintenant, ça existe, intervient K-2SO.

– Rogue One, prêt à décoller, annonce Bodhi.

Un instant plus tard, les moteurs s'allument, et le vaisseau disparaît dans le ciel.

La plupart des conseillers ont déserté la salle du Conseil. Bail Organa y est toujours assis, s'interrogeant sur ce qu'il doit faire. Sur ce qu'il *peut* faire. Il a vraiment tenté de convaincre le Conseil de changer d'avis, mais en vain. Il pensait que la nouvelle de Jyn Erso et Cassian Andor allait les encourager à se battre. Au lieu de cela, ils se sont divisés et ont contesté l'honnêteté de cette jeune femme au passé trouble.

Peu importe que le capitaine Andor, l'un des meilleurs agents de la Rébellion, ait foi en elle. Peu importe que toutes ses révélations sonnent vrai. Certains refusent simplement d'admettre qu'elle puisse avoir raison.

Pires sont ceux qui l'ont crue et ont préféré baisser les bras.

En s'approchant, Mon Mothma interrompt ses réflexions :

– Certains ont beau dire le contraire, la guerre est inévitable.

– Oui, je suis d'accord. Il faut que je retourne sur Alderaan pour informer les miens que la paix ne sera pas conclue. Il va falloir qu'on abatte tous nos atouts.

Mon Mothma approuve. Si le haut conseil refuse de les soutenir, ils devront se débrouiller sans appuis officiels. C'est un gros risque, bien sûr, mais quelle autre solution ont-ils ?

D'un coup d'œil circulaire, elle vérifie que personne n'écoute.

– Votre ami, chuchote-t-elle. Le Jedi.

Ils sont sur la même longueur d'onde. Obi-Wan Kenobi a toujours été un ami fidèle, bien avant de devenir l'un des fugitifs les plus recherchés de la galaxie.

– Il m'a bien servi jadis, pendant la Guerre des Clones, et vit caché depuis la grande purge de l'Empereur. Je vais envoyer quelqu'un le chercher.

Kenobi répondra-t-il à l'appel ? Après tant d'années d'exil, se sentira-t-il concerné par le sort de la République ? Maintenant qu'ils ont enfin une chance de détruire l'Empire, c'est possible, oui.

– Quelqu'un de confiance, surtout, l'avertit Mon Mothma.

Elle a raison. Bail ne peut pas envoyer n'importe qui chercher Kenobi. Il a besoin de quelqu'un de fort, de capable et de totalement dévoué à la Rébellion. Une seule personne lui vient à l'esprit.

– J'ai plus confiance en elle qu'en personne d'autre…

Bodhi a horreur de mentir. Ce n'est franchement pas son fort.

Il n'a pas eu besoin de mentir quand il a quitté son poste sur Jedha. Il lui a suffi de prendre un bref congé, puis de partir à la recherche de Saw Gerrera.

Malgré la destruction de sa planète natale, il sait qu'il a fait le bon choix en trahissant l'Empire. Les seules personnes en qui il peut avoir confiance à présent sont avec lui dans cette navette. Et seul un mensonge de sa part leur permettra d'atterrir sur Scarif et de mettre la main sur les plans de l'Étoile de la Mort.

En approchant de la planète, le pilote passe en revue les mensonges qu'il a préparés.

– Bon, annonce-t-il aux autres. On arrive. La planète est protégée par un bouclier défensif avec une porte d'entrée. Ce cargo dispose en principe d'un code d'accès. On va l'utiliser.

– En espérant que l'Empire ne l'a pas encore désactivé, note K-2SO.

Bodhi a très envie de gifler le droïde, mais il sait qu'il ne ferait rien de plus que de se blesser la main.

– Et si c'est déjà le cas ? demande Jyn.

– Ils fermeront la porte, rétorque le pilote en haussant les épaules. Et nous serons tous désintégrés dans la nuit glacée du vide sidéral.

– Pas moi. Je vis très bien dans le vide, précise le droïde.

En approchant, ils voient de nombreux vaisseaux entrer sans problème. Avec un peu de chance, ils en feront autant.

Bodhi allume la console comm afin de prendre contact avec le contrôleur :

– Navette Cargo S-W 0608 demande l'accès à une plateforme d'atterrissage.

– Navette Cargo S-W 0608, vous n'êtes pas sur la liste des arrivées.

Bodhi sent la tension monter à bord, mais en tant que pilote impérial, il sait que ce genre d'imbroglios est monnaie courante.

– Je confirme, contrôle. Nous avons été déroutés de la station d'Eadu. Je vous envoie notre code d'accès.

Ce n'est pas un gros mensonge. Le vaisseau a bien été dérouté d'Eadu. Ils l'ont simplement redirigé eux-mêmes… en le subtilisant.

K-2SO presse un bouton.

– Je transmets.

Ils n'ont plus qu'à patienter. Vont-ils être autorisés à entrer ou pulvérisés en une pluie d'atomes ?

L'attente semble durer une éternité.

Quand le contrôleur reprend enfin la parole, Bodhi réfléchissait déjà à un moyen de gagner du temps pour sauter dans l'hyperespace avant de se faire désintégrer.

– Navette Cargo S-W 0608, vous êtes autorisé à entrer.

Le soulagement est palpable à l'intérieur du cockpit.

– Je préviens les autres, annonce Jyn dans un sourire.

Bodhi fait franchir la porte au vaisseau. Au-dessous, il observe le complexe qui s'étend sur un ensemble d'îles tropicales. L'endroit rêvé pour des vacances… dans d'autres circonstances.

Sur l'île principale, la Citadelle – une haute tour gris métallisé – constitue le centre du complexe. Disposées en cercle tout autour, vingt-cinq plateformes d'atterrissage sont réparties sur différentes îles voisines, qu'un système de speeder sur rails relie entre elles.

– S-W 0608, vous êtes attendu plateforme 9, annonce le contrôleur. Confirmez, s'il vous plaît.

– S-W 0608, à l'approche comme indiqué plateforme 9.

– Le bâtiment principal qu'on voit là, c'est quoi ? demande Cassian.

– La Tour de la Citadelle. C'est là que sont entreposées les principales archives de l'Empire. Si les plans sont quelque part, c'est forcément là, répond Bodhi.

– Et la parabole au sommet ? À quoi elle sert ?

– Il faut un émetteur surpuissant pour transmettre toutes ces données.

K-2SO intervient :

– Piste d'atterrissage acquise.

– Et verrouillée, ajoute Bodhi avant de poser la navette en douceur.

CHAPITRE 14

Jyn observe ceux qui ont décidé de se joindre à elle. Ils sont plus d'une vingtaine de soldats entassés dans la soute, tous prêts à donner leur vie parce qu'ils ont cru à ce qu'elle avait dit à propos du message de son père. Parce qu'ils croient encore à la Rébellion.

– On va y aller, annonce Cassian.

Il échange un regard avec elle, et Jyn comprend qu'il s'attend à ce qu'elle dise un mot. Un peu mal à l'aise, elle prend néanmoins la parole :

– « Un guerrier qui n'a rien à perdre n'a besoin que d'un bâton pour gagner. » C'était la devise de Saw Guerrera. En principe, ils ne nous attendent pas. Il n'y a aucune raison qu'ils aient été prévenus. Si on arrive à mettre pied à terre, on passera à l'étape suivante. Et ainsi de suite jusqu'à ce qu'on atteigne l'objectif. Ou qu'on ne l'atteigne pas. On sait que les plans qu'on cherche sont là. Cassian et moi, on se charge de les trouver. On emploiera tous les moyens nécessaires.

D'un regard, elle indique à Cassian de prendre la suite.

– Melshi, Pao, Baze et Chirrut. Avec le premier groupe, progressez vers l'est en vous éloignant le plus possible, dit-il. Trouvez un endroit où vous poster entre ici et la tour. Dès que vous aurez trouvé la meilleure position, ouvrez le feu. Allumez-les comme si vous étiez une centaine. Mais débrouillez-vous pour que les troopers nous oublient.

– Et moi ? Je fais quoi ? demande Bodhi depuis le cockpit.

– Tu laisses tourner les moteurs. Et tu te tiens prêt à décoller.

Par la baie d'observation du cockpit, Jyn aperçoit quatre personnes qui approchent : un officier impérial, deux stormtroopers et un garde. Elle entend la voix du garde jaillir de la console comm :

– Navette Cargo S-W 0608, préparez-vous à recevoir une visite d'inspection.

Jyn regagne la soute et voit que les autres se sont déjà cachés dans la zone réservée à la cargaison, sous la cabine des passagers.

– Prêts ? leur demande-t-elle en se glissant à son tour par la trappe.

Tous lui répondent d'un signe de tête. Baze se positionne au plus près de l'ouverture et attend.

Jyn entend la porte de la navette s'ouvrir et l'équipe d'inspection entrer. Bodhi s'avance pour l'accueillir.

– Bonjour, dit l'agent d'inspection.

– Salut. Vous…vous voulez voir le manifeste de cargaison ? balbutie légèrement Bodhi.

– Ce serait parfait, répond l'agent, sarcastique.

– Il est en bas.

Alors que l'équipe se penche au-dessus de la trappe, Baze brandit son fusil. Au même moment, Bodhi dégaine son blaster, et les agents se rendent sans faire d'histoire.

Les rebelles les déshabillent avant de les ligoter, puis Jyn et Cassian enfilent les uniformes volés pendant que les prisonniers sont emmenés dans la soute.

Quand Jyn remonte dans sa nouvelle tenue, Baze pose une main amicale sur son bras.

– Bonne chance, petite sœur.

Dans le cockpit, Bodhi vérifie que personne n'observe la navette, puis s'écrie :

– C'est bon ! Vous pouvez y aller !

La majorité des rebelles débarquent du vaisseau en courant. Cinq d'entre eux restent à l'intérieur avec Bodhi.

Ensuite, Jyn, Cassian et K-2SO sortent tranquillement de la navette, affublés des uniformes de l'équipe d'inspection.

Tout fonctionne comme prévu, songe Jyn. *Pour l'instant.*

Sur l'insistance de Dark Vador, Krennic s'est rendu sur Scarif afin de s'assurer que ni Galen ni personne d'autre n'avait fait quoi que ce soit qui puisse causer un dommage à l'Étoile de la Mort. Pour cela, il lui faut effectuer une plongée dans l'esprit de son vieil ami.

Le laboratoire de Galen ayant été totalement détruit par l'attaque des rebelles sur Eadu, c'est sur Scarif, dans l'entrepôt de données, que Krennic pourra retrouver la majeure partie de ses documents de recherche. S'il existe quelque part des renseignements pouvant menacer l'Étoile de la Mort, c'est bien là.

Krennic est arrivé sans prévenir. Ignorant le but de cette visite, les officiers de la base marchent sur des œufs en sa présence. La plupart l'évitent, tout simplement, car il semble d'une humeur massacrante.

Flanqué de ses death troopers, qui ne manquent pas de rappeler à tous son rang et son pouvoir, Krennic fait irruption dans le centre de commandement de la Citadelle.

Le général Ramda, chef de la garnison, se charge de l'accueillir :

– Monsieur le directeur. Qu'est-ce qui vous amène sur Scarif ?

Krennic n'y va pas par quatre chemins :

– Galen Erso. Je veux que tous ses messages, toutes les transmissions qu'il a effectuées me soient remis pour inspection.

– Tous ? s'étrangle le général.

Cela représente des décennies de données compilées !

– Tous, réplique Krennic sur un ton sec. Sans exception ! Et sur-le-champ !

Cassian, Jyn et K-2SO montent à bord du speeder sur rails. Le garde posté à la porte semble à peine les remarquer.

– J'ai un mauvais pressentiment quant à nos… marmonne le droïde.

– Arrête ! le coupe sèchement Cassian.

– Silence, lui souffle Jyn, les sourcils froncés.

– Quoi ? s'étonne K-2SO, qui, comme à son habitude, ne voit pas ce qu'il a dit de mal.

Le speeder les amène directement à la Tour de la Citadelle.

– Il nous faut un plan des lieux, fait remarquer Cassian lorsque le véhicule ralentit pour marquer l'arrêt à la station.

– J'imagine qu'il y en a à tous les coins de rue, réplique K-2SO.

– Tu sais ce que tu as à faire.

K-2 n'a pas l'air d'apprécier, mais Cassian ne lui demande pas son avis. Il se dirige vers un autre droïde de sécurité impériale, isolé. Alors que la machine s'apprête à leur adresser la parole, K-2SO le désactive d'un geste vif. Pendant qu'il draine les données de son jumeau *via* un dataport branché derrière sa tête, Jyn et Cassian tournent le dos à la scène afin d'empêcher les curieux de remarquer ce qui se trame.

Quand il a terminé, K-2SO se retourne et annonce :

– L'itinéraire le plus sûr pour atteindre l'entrepôt de données n'est jalonné que de 89 troopers à neutraliser. Nous n'aurons effectué qu'un tiers du parcours quand nous serons abattus.

Ça ne peut pas fonctionner, ils vont avoir besoin d'aide. Cassian sort son comlink :

– Melshi…

Pas de réponse.

– Où en êtes-vous ?

– Voilà. On y est. On est prêts ! finit par répondre le sergent rebelle.

Jyn et Cassian échangent un regard, et la jeune femme hoche la tête.

– Alors c'est parti !

Au signal de Cassian, Melshi fait sauter tous les explosifs que son équipe et lui ont placés un peu partout dans la jungle. Les alarmes se déclenchent presque immédiatement, et tout le personnel de la tour est en état d'alerte.

Une patrouille de stormtroopers, l'arme au poing, fonce dans le couloir, droit sur Cassian, Jyn et le droïde. Cassian retient sa respiration, mais le groupe les dépasse pour se rendre vers l'atrium derrière eux. Ils n'ont pas à attendre longtemps avant que les rebelles fassent feu et les abattent, un par un.

À des années-lumière de là, à bord de l'Étoile de la Mort, le Grand Moff Tarkin contemple l'espace par l'une des baies d'observation. Bien qu'Orson Krennic soit persuadé d'avoir donné vie à l'Étoile de la Mort, c'est bien Tarkin qui, en premier, a évoqué l'idée de la station de combat. Il compte donc non seulement s'en attribuer le mérite auprès de l'Empereur, mais aussi être celui qui en fera usage. Palpatine ne laissera jamais une arme si puissante entre les mains d'un homme à l'ambition si limitée. Mais contre quoi s'en servir ? Comment exhiber au mieux son incroyable pouvoir ?

L'arrivée du général Romodi interrompt le cours de ses pensées.

– Monsieur le gouverneur, on nous signale une incursion rebelle sur Scarif.

Étrange, songe Tarkin. La base est une vraie forteresse.

– Mettez-moi en relation avec Krennic.

– Il est là-bas. Sur Scarif.

Tarkin hausse les sourcils. Quelque chose a conduit la Rébellion *et* Krennic à se rendre sur Scarif. Ça ne peut pas être un hasard.

– Ce n'est pas là que les plans de la station ont été mis en sûreté ?

– En effet, oui.

Krennic s'est montré encore plus négligent que Tarkin le craignait au sujet de la sécurité de la station de combat.

– Préparez le saut dans l'hyperespace et informez le seigneur Vador, ordonne Tarkin.

Avec le pouvoir de l'Étoile de la Mort à sa disposition, il sait qu'il peut gérer la situation sans l'aide de personne. Néanmoins, la présence de Dark Vador lui donnera l'occasion de faire la démonstration de sa toute nouvelle puissance de frappe et de bien montrer au seigneur Sith qui est aux commandes.

Romodi parti, Tarkin s'autorise même à esquisser un sourire.

CHAPITRE 15

Sur Yavin 4, un soldat des communications fonce à travers le hangar bondé du quartier général rebelle. Il vient de recevoir une incroyable nouvelle qu'il doit transmettre au plus vite au haut conseil.

– Sénatrice ! Sénatrice ! s'écrie-t-il en apercevant Mon Mothma à l'extérieur du bâtiment.

La jeune femme tressaille légèrement. L'Empereur lui a retiré le statut de sénatrice après qu'elle a osé le condamner publiquement et l'a forcée à partir en exil.

Avant que le soldat puisse l'atteindre, les généraux Draven et Merrick lui barrent la route.

– Soldat ! Arrêtez ! s'exclame Merrick. Qu'est-ce qui vous prend ?

– Laissez-le parler, ordonne Mon Mothma.

– On a intercepté un message des forces impériales, madame. Il y a des rebelles sur Scarif !

La surprise de Mon Mothma est complète. Qui aurait pensé que ce moment viendrait aussi tôt ?

– Je dois consulter l'amiral Raddus, dit-elle.

Le chef de guerre mon calamarien saura comment réagir.

– Il a rejoint son vaisseau, réplique le soldat. Il va combattre.

Mon Mothma fait de son mieux pour dissimuler un sourire. Raddus va s'assurer que Cassian et Jyn ont le soutien qu'ils méritent. Les deux généraux s'agitent pour tenter de trouver une solution, mais Mon Mothma sait qu'ils ne peuvent plus rien faire pour arrêter l'amiral.

Et c'est tant mieux.

Bodhi a toujours eu horreur des explosions. En tant que pilote, il sait qu'elles ne sont jamais un bon signe.

Mais, aujourd'hui, entendre détoner les bombes placées par Melshi et les autres lui fait plaisir. Elles ne servent qu'à détourner l'attention des soldats impériaux pour que Cassian et Jyn puissent s'introduire dans la Tour de la Citadelle et subtiliser les plans de l'Étoile de la Mort.

Dans son système comm, Bodhi entend un officier du commandement central de la Citadelle hurler des ordres, auxquels d'autres agents, postés sur différentes plateformes, répondent, paniqués :

– Plateforme 14, qu'est-ce qu'il se passe ? Quel est le bilan ? Toutes les plateformes au rapport.

– Non ! Il y a des rebelles partout ! On est sous le feu ! Plateformes 12 et 13 demandent soutien d'urgence.

Bodhi y voit une invitation à provoquer le chaos. Il allume la radio de son vaisseau et se met à crier :

– Ici, la plateforme 2. Plateforme 2. Une quarantaine de rebelles progressent. Plateforme 2 !

Évidemment, il est toujours sur la plateforme 9, et rien de tel ne se produit sur la plateforme 2. Il tend le micro au caporal Tonc, resté avec lui dans la navette :

– Vas-y, dis-leur qu'on est attaqués par des rebelles sur la plateforme 5.

Tonc s'exécute, amusé :

– Plateforme 5. Ils sont trop nombreux ! Aidez-nous !

L'officier du commandement central réagit comme il le peut :

– Plateformes 12, 10 et 8. Veuillez confirmer, s'il vous plaît. Envoyez des renforts à la plateforme 5 !

Bodhi ne peut s'empêcher de sourire. Comme quoi il suffit parfois de quelques mots bien choisis pour semer la zizanie.

Avec son ami Baze à ses côtés, et sa foi en la Force chevillée au corps, Chirrut aide les commandos de son équipe à placer des charges sur les différentes plateformes qui encerclent la Citadelle. Puis, une fois l'archipel illuminé par les explosions, le moine aveugle passe à l'attaque avec son équipe. Contre toute attente, les rebelles semblent prendre le dessus. Les stormtroopers peinent à dénicher les assaillants, qui, depuis leurs cachettes, peuvent les prendre pour cibles sans trop de difficultés.

Soudain, Chirrut entend un bruit qui lui est inconnu. Cela ressemble au vrombissement

d'une multitude de moteurs qui propulseraient des machines à la démarche de géant. Les autres ne remarquent rien, dans la fumée provoquée par les explosions, mais Chirrut n'est pas gêné par ce genre de chose.

– Baze ! s'écrie-t-il. Baze !

Le guerrier fait taire son énorme blaster à répétition.

– Quoi ?

– Cours ! s'écrie Chirrut avant de prendre ses jambes à son cou.

Alors que Baze se retourne pour voir ce qui a effrayé son ami, une gigantesque machine émerge de la fumée, tel un monstre de l'Antiquité se traînant hors de son repaire.

La bête ouvre le feu sur les rebelles. Des décharges lasers fusent tout autour de Chirrut, qui fuit pour se mettre à l'abri, Baze sur les talons. Des explosions les encerclent de partout, désormais, mais ils n'ont pas l'intention de baisser les bras.

Chirrut sait que la véritable bataille ne fait que commencer.

Débarrassés de tout le personnel, parti se battre à l'extérieur, Cassian, Jyn et K-2SO progressent tranquillement dans la Citadelle.

Lorsqu'ils arrivent à l'entrepôt des données, seul un officier se tient entre eux et leur objectif. Levant les yeux vers eux, l'Impérial est surpris de les voir ici alors qu'ils devraient être en train d'aider les autres à repousser l'attaque.

– Est-ce que je peux vous aider ?

– Non, ça va. Je vous remercie, répond K-2SO.

Le droïde fait un pas en avant et assène un coup sec sur la tête de l'homme, qui s'effondre sans une protestation.

K-2SO s'installe devant la console. Selon les données téléchargées depuis le droïde de sécurité, il faut être au moins deux pour récupérer quoi que ce soit dans l'entrepôt des données. L'un doit rester à la console pendant que l'autre pénètre dans la crypte.

Cassian et Jyn se dirigent vers la porte de l'entrepôt.

– Emmenez-le avec vous, leur lance le droïde en désignant l'officier à terre. Vous aurez besoin de ses empreintes pour ouvrir la porte, d'accès.

Les deux rebelles soulèvent l'Impérial et le traînent jusqu'à une première porte qui s'ouvre toute seule. À l'extrémité d'un couloir cylindrique, ils parviennent devant le scanner à empreinte digitale évoqué par K-2SO et placent la main de l'officier dessus.

Mais la porte ne s'ouvre pas.

– K-2 ! Ça ne marche pas ! s'écrie Cassian.

– Main *droite* ! lui répond le droïde, excédé.

Cassian saisit l'autre main de l'officier, la

plaque contre le scanner, et la porte de l'entrepôt s'ouvre aussitôt.

La flotte rebelle sort de l'hyperespace en orbite de Scarif. La première vague est constituée de vaisseaux de toutes les tailles : X-wings, U-wings, Y-wings, ainsi que le croiseur de l'amiral Raddus, le *Profundity*.

Le général Merrick, quant à lui, aime diriger depuis le front, dans son propre X-wing. La flotte rebelle est bien trop petite pour qu'un pilote de sa trempe reste à bord d'un vaisseau capital.

– Ici l'amiral Raddus de l'Alliance rebelle. Appel à tous les chefs d'escadrilles.

– Amiral, ici Blue Leader, à vos ordres, répond le général Merrick.

– Ici Gold Leader, à vos ordres.

– Ici Red Leader, à vos ordres.

Le plan consiste à traverser le bouclier protégeant Scarif avant que l'Empire verrouille tout accès à la planète. Mais avec deux Destroyers Stellaires impériaux postés près de la porte, les choses risquent d'être compliquées.

– Red et Gold Leaders, escadrilles en formation de combat, reprend Raddus. Défendez la flotte ! Blue Leader, gagnez la surface avant qu'ils ferment la porte !

– Bien reçu, Amiral. Ici Blue Leader, vous êtes prêts ? demande le général Merrick.

Un à un, les membres de son escadrille confirment avoir compris les ordres, puis les vaisseaux plongent vers la porte du bouclier. Malheureusement, la flotte impériale les a repérés. L'ouverture commence à se refermer, réduisant leurs chances d'entrer à temps. Ils doivent faire vite !

Blue-4 et Blue-6 sont à la traîne, mais ils n'en sont pas moins déterminés à franchir la porte.

– Allez, allez, allez ! crie Blue-6 à ses moteurs.

Blue-4 comprend néanmoins qu'ils n'y arriveront pas. Tirant sur le manche de toutes ses forces, il évite la collision au dernier moment, mais son équipier n'a pas cette chance. Blue-6 s'écrase contre le bouclier, à présent fermé, et son X-wing explose dans une boule de feu aveuglante.

Le reste de l'escadrille est passé. Ils sont dorénavant enfermés à l'intérieur du bouclier, aux côtés des rebelles déjà sur place qu'ils sont venus soutenir.

CHAPITRE 16

Jyn et Cassian ramènent l'officier inconscient dans le hall d'entrée de l'entrepôt. Maintenant que la porte est déverrouillée, l'Impérial risquerait de les gêner plus qu'autre chose. K-2SO les regarde le déposer sur le sol. Branché à la console, il surveille les communications de l'Empire au cas où une équipe serait envoyée ici. Lorsqu'il ouvre la bouche, Jyn s'attend à de mauvaises nouvelles.

– La flotte rebelle est arrivée.

Cassian et Jyn n'en reviennent pas.

– Quoi ? s'étonne la jeune femme.

En quittant Yavin 4, elle était pourtant persuadée qu'aucun soutien ne serait envoyé par l'Alliance.

– Des combats font rage sur la plage, ajoute le droïde. Ils ont bouclé la base. Ils ont fermé le bouclier.

Le sourire de Jyn disparaît de son visage.

– Ce qui veut dire… qu'on ne ressortira pas ?

Cassian secoue la tête.

– On pourrait transmettre les plans à la flotte rebelle, reprend K-2SO. Mais il faudrait qu'on ait une connexion pour les avertir. C'est la taille des fichiers qui risque de poser problème. Ils ne passeront jamais. Il faut absolument que quelqu'un force le bouclier.

Cassian sort son comlink.

– Bodhi ! Est-ce que tu m'entends ?

Rien.

– Dis-moi que tu es là ! Bodhi !

– Allô. Je suis là. On est en stand-by. Les combats ont commencé. La base a été bouclée.

– Oui, je sais. Mais écoute-moi. La flotte rebelle est là. Il faut leur dire d'ouvrir une brèche dans le champ de force pour qu'on puisse transmettre les plans.

– Oui, mais je ne suis pas connecté à la tour de communications. On n'est pas…

– Il faut que tu trouves un moyen ! le coupe Cassian, puis il se tourne vers K-2SO et ajoute : couvre-nous.

Avant de le suivre dans le couloir cylindrique, Jyn récupère le blaster de l'officier inconscient et le tend à K-2SO.

– Tu voulais une arme ? Tu auras besoin de ça.

Le droïde prend le blaster et le fixe quelques instants.

– Décidément, Jyn Erso, ta conduite ne cessera jamais de m'étonner.

Elle esquisse un sourire, puis se dépêche de rattraper Cassian en espérant qu'elle ne regrettera pas ce qu'elle vient de faire.

Bodhi examine un moment le système de communications. Il n'est pas certain de ce qu'il doit faire. Dehors, il aperçoit des mastodontes de métal – des CB-TT – qui se dirigent droit vers les commandos rebelles. *Que faire pour les aider ?* se demande-t-il, paniqué.

Soudain, Baze se dresse, un lance-roquette sur l'épaule. Il vise le quadripode le plus proche, et le projectile va s'écraser sur le cockpit de la machine.

Le titan est légèrement secoué, mais il repart immédiatement.

Baze, Chirrut et tous ceux qui se tiennent devant lui n'ont aucune chance de s'en tirer à présent.

Mais, tout à coup, un missile traverse le ciel et va percuter le flanc du CB-TT. L'explosion ébranle la machine, et de la fumée commence à s'en échapper.

Bodhi scrute le ciel, curieux de savoir qui est venu en aide à ses amis et repère une escadrille d'X-wings qui file au-dessus de sa tête. Sur la plage, les rebelles poussent des cris de joie. Bodhi ne se gêne pas pour en faire autant.

Regagné par l'espoir, il se glisse dans la cabine de la navette, près du caporal Tonc.

– Préparez-vous. Il va falloir qu'on sorte ! Les Impériaux ont fermé la porte du bouclier,

mais la flotte rebelle a débarqué. Il faut qu'on envoie un signal assez fort pour entrer en contact avec elle et lui faire savoir qu'on est bloqués ici. Pour ça, il faut qu'on se connecte à la tour de communications. Je peux déjà bidouiller un truc ici, depuis la plateforme. Mais toi, il faut que tu arrives à joindre par radio quelqu'un qui puisse accéder à un commutateur général, et qui puisse établir une connexion entre nous et la tour de communications. D'accord ?

Tonc jette un regard aux autres. Personne ne semble motivé pour prendre sa place.

– Vas-y !

Alors le caporal obéit.

Jyn suit Cassian à l'intérieur de l'entrepôt. C'est une tour circulaire – plusieurs tours, en fait – garnie de databandes protégées derrière un grand panneau de verre. De là où ils se trouvent, les tours semblent grimper jusqu'au ciel et s'enfoncer dans des profondeurs insondables. La quantité d'informations qu'elles contiennent – collectées aux quatre coins de l'Empire – est étourdissante.

Jyn sent sa gorge se serrer. Comment localiser la bande qu'ils recherchent ?

– Banques schématiques, tour des données 2, annonce la voix de K-2SO dans l'intercom de l'entrepôt.

Cassian observe la tour 2, bouche bée.

– Et comment je fais pour trouver ça ?

– Tu cherches, rétorque le droïde.

Après quelques secondes de silence, K-2SO poursuit :

– Je peux savoir où est la bande. Mais il faut que tu utilises les poignées pour l'extraire.

Jyn lui montre des commandes qui contrôlent deux bras mécaniques de l'autre côté de la vitre. Cassian se précipite, attrape les poignées et les manipule quelques instants avec difficulté.

– Et comment ça marche, ça ?

Jyn entend quelqu'un entrer précipitamment dans la pièce où se trouve K-2SO. Elle est soulagée de lui avoir donné un blaster ; il va en avoir besoin.

Derrière eux, la porte du couloir cylindrique se referme toute seule. C'est sûrement K-2SO qui essaie de les protéger.

Dans l'intercom, elle entend le droïde parler à quelqu'un d'autre :

– Les rebelles. Ils sont partis… par là !

– K-2, qu'est-ce qui se passe ? demande Cassian, perplexe.

S'ensuit un épouvantable vacarme. Des bruits de lutte, un tir de blaster, puis un second. Et le fracas d'une armure qui percute le sol. Sans doute un stormtrooper.

Le combat est terminé, mais est-ce que K-2SO va bien ? Et sinon, réussiront-ils à trouver la bande sans son aide ?

Les yeux levés vers le ciel, le sergent Melshi observe les chasseurs rebelles combattre leurs ennemis impériaux. Il sait que ces combats rapprochés ne peuvent signifier qu'une seule chose : le bouclier a été verrouillé. Il espère que les plus gros vaisseaux rebelles réussiront à créer une faille rapidement, pour leur éviter, à lui et à ses troupes, de rester coincés sur Scarif pour le reste de leur courte vie.

En attendant, Melshi a des questions plus pressantes à régler en surface. Blue Leader et son escadrille ont été d'une aide précieuse contre les CB-TT, mais les Strikers TIE – des chasseurs aux ailes pointues et profilées – pourchassent les rebelles sans relâche.

Malgré le fracas des combats, Melshi entend le caporal Tonc tenter de le joindre *via* l'intercom :

– Melshi, réponds. Tu es là ? Bodhi a envoyé un signal ici. Il est en train de nous connecter. Mais il faut que vous nous établissiez une liaison avec la tour.

Le sergent a compris les grandes lignes : Bodhi veut transmettre un message à la flotte rebelle, mais le signal n'est pas assez puissant pour traverser le bouclier. Il faut lui donner un coup de pouce.

– Et comment ? Soyez plus précis.

– Il doit y avoir un commutateur général à la base de la tour.

– Et il ressemble à quoi, votre commutateur ? rétorque Melshi, qui n'a rien d'un technicien en communications.

– Ça ressemble à quoi, le commutateur général ? Où se trouve-t-il ? crie Tonc à Bodhi, derrière lui.

Tonc relaie la description à Melshi, qui fronce les sourcils à chaque mot. La partie est loin d'être gagnée…

CHAPITRE 17

Dans l'entrepôt des données, trouver la databande recherchée se révèle un vrai défi. Tandis que Cassian est aux commandes du système d'extraction, Jyn lit les titres des différentes bandes sur la console face à elle :

– « Hyperespace », « Systèmes de navigation »…

– Deux écrans plus bas. « Ingénierie structurelle » ! Ouvre celui-là, la guide K-2SO dans l'intercom.

Jyn obéit. Elle entend à nouveau tirer le blaster qu'elle a prêté au droïde. D'autres stormtroopers doivent essayer de l'abattre.

K-2SO a beau savoir manipuler son arme, leur supériorité numérique finira nécessairement par avoir raison de lui. Puis ce sera leur tour, à Cassian et à elle.

Jyn parcourt les dossiers :

– « Noms de code des projets », « Stratosphère », « Mark Omega », « Pax Aurora ».

Tous ces noms lui sont inconnus.

– « Griffe du Guerrier », « Amas Irisé », « Sabre Noir »...

Puis elle trouve enfin ce qu'elle cherche :

– « Nébuleuse » ! C'est ça !

– Comment le sais-tu ? s'étonne Cassian.

– Je le sais parce que c'est moi.

Maintenant qu'il a demandé à Melshi de trouver et d'activer le commutateur général, Bodhi doit effectuer la connexion de son côté. Pour cela, il lui faut descendre sur la plateforme et relier la navette cargo au système de communications de la Citadelle au moyen d'un câble. Sans cela, la mission pour laquelle Melshi et les autres sont en train de risquer leur vie sera vaine.

Il doit d'abord quitter la sécurité de la navette. Il préfèrerait largement envoyer d'autres soldats rebelles à sa place, mais ils ne sauraient pas brancher le câble. Pas aussi vite que lui, en tout cas.

D'un signe de tête, il déploie les soldats restés avec lui tout autour de la plateforme afin qu'ils le couvrent d'éventuels tirs ennemis.

Bodhi se précipite à son tour hors de la navette, un câble enroulé dans son sac à dos.

Il atteint sans heurts le point où il doit effectuer le branchement. Avec un soupir de soulagement, il sort l'extrémité du câble du sac et le branche dans la station comm, puis il tourne les talons et repart vers la navette en courant.

Il n'est plus qu'à quelques mètres lorsque le câble s'accroche à quelque chose. Bodhi doit faire demi-tour pour le dégager.

Il trouve rapidement le nœud, mais un speeder sur rails débarque, et la patrouille de stormtroopers qui en descend se dirige droit vers lui.

– Hé, toi ! Ton identité ! aboie le chef.

Bodhi se relève lentement.

– Je peux vous ex…

Une décharge de blaster provenant d'un rebelle l'interrompt, et Bodhi se retrouve soudain au beau milieu d'un champ de tirs. Des lasers le frôlent dans un sens et dans l'autre, à tel point qu'il en vient à se demander quel camp le tuera en premier.

K-2SO sait qu'il est mal embarqué. Touché dans le dos, ce n'est plus qu'une question de temps avant que les stormtroopers l'achèvent.

Malgré les assauts continuels de ses ennemis, le droïde ne peut pas abandonner Cassian, l'homme qui l'a personnellement reprogrammé.

– K-2, il faut qu'on trouve le fichier « Nébuleuse » ! crie le rebelle dans l'intercom.

Une pluie de tirs s'abat sur le droïde, qui parvient à en éviter une bonne partie.

K-2SO pianote sur la console et commande la bande intitulée « Nébuleuse ». Le bras d'extraction devrait la localiser rapidement.

Soudain, une explosion vient percuter la console et projette K-2SO en arrière. En titubant, il remarque qu'il a perdu des pièces.

Elles pendent à sa structure et ne tiennent plus qu'à un fil.

– Grimpez ! crie-t-il dans l'intercom. Vous pouvez encore transmettre les plans à la flotte rebelle. S'ils ouvrent la porte, vous pourrez émettre depuis la tour.

Il doit protéger la console. Sinon les stormtroopers s'en serviront pour ouvrir la porte de la crypte et tuer Cassian et Jyn. Mais il est trop faible. Le mieux à faire dans son état consiste à *détruire* la console. Ainsi, la porte restera scellée.

– K-2 ! s'écrie Cassian, inquiet.

Le droïde se jette sur la console et la brise, alors que les tirs convergent sur son corps. Il s'obstine, jusqu'à ce que ses membres soient détruits, jusqu'à ce que ses moteurs s'arrêtent.

Tandis que l'obscurité se referme sur lui, une dernière pensée lui traverse les circuits : cette porte ne se rouvrira plus.

CHAPITRE 18

Krennic pense avoir vécu la pire semaine de sa vie : le Grand Moff Tarkin a pris le contrôle de l'Étoile de la Mort, Dark Vador a menacé de mettre fin à ses jours, et il a tout à parier que l'Empereur lui-même se fera une joie de l'exécuter s'il échoue à repousser les rebelles.

Et les mauvaises nouvelles continuent d'affluer : la flotte rebelle aurait dû fuir depuis longtemps face aux vaisseaux de l'Empire, mais au lieu de cela, elle s'entête, se bat comme un rancor acculé.

Mais quel est le véritable objectif des rebelles ?

Le lieutenant Adema vient alors lui relayer un rapport :

– Monsieur le directeur, il y a eu une effraction dans l'entrepôt des données.

– Quoi ?

Ses pires craintes se confirment : les plans de l'Étoile de la Mort !

– On vient de l'apprendre à l'instant.

Au moins Krennic sait-il maintenant ce qui est en jeu et ce qu'il doit faire.

– Envoyez ma garde rapprochée au combat. Deux hommes avec moi ! Allons-y ! Essayez de reprendre le contrôle de cette plage !

Krennic sort en trombe de la salle, laissant les autres superviser la bataille en cours. S'il souhaite mettre fin à ce qui se passe dans l'entrepôt, il va lui falloir s'en charger lui-même.

La bataille fait rage autour de Bodhi. Les décharges des blasters le frôlent de si près qu'il peut sentir leur chaleur sur sa peau.

Le caporal Tonc, plein de courage, se lève pour riposter, mais s'effondre aussitôt, fauché par un tir ennemi. Bodhi regarde le jeune homme avec horreur. S'il ne veut pas finir comme lui, il n'a plus qu'à rester accroupi là et à espérer que les tirs cessent avant qu'il reçoive un coup mortel à son tour.

– Bodhi, tu es là ? l'appelle Cassian *via* son comlink. Tu as appelé la flotte ?

– Je n'ai pas encore réussi à effectuer la connexion, explique Bodhi.

– Fais tout ce que tu peux ! Il faut qu'ils concentrent leurs attaques. Quand le bouclier sera ouvert, on pourra envoyer les plans.

Bodhi sait que Cassian a raison. S'il ne parvient pas à brancher ce câble, ils auront fait tout ça pour rien. La mort de Tonc et de tous les autres rebelles aura été vaine.

Il serre les dents et se tient prêt.

Bondissant hors de son abri, il court vers la navette, poursuivi par les décharges des blasters. Arrivé miraculeusement indemne à bord du vaisseau, il branche l'extrémité du câble, saisit la radio et l'allume :

– Melshi. Réponds-moi ! Je suis branché de mon côté. Il ne me manque plus qu'une connexion !

Maintenant que la console est détruite, Jyn et Cassian ne peuvent plus récupérer la bande portant le nom de code « Nébuleuse ». En tout cas, pas au moyen des bras mécaniques.

Il reste une ultime solution, néanmoins : aller la récupérer eux-mêmes.

Sortant son blaster, Jyn tire dans la vitre, qui vole en éclats. Plus rien ne les sépare à présent de leur objectif… mis à part l'escalade mortelle qui les attend.

Jyn et Cassian ôtent leurs uniformes volés, trop lourds et embarrassants pour une telle expédition.

Plus libre de ses mouvements, Jyn franchit la fenêtre brisée et saute sur la tour. Elle n'est pas si éloignée, mais la chute serait longue et certainement fatale si elle venait à glisser.

Elle entame son ascension vers l'emplacement de la bande « Nébuleuse », environ deux ou trois étages plus haut. Le bras mécanique est resté coincé pile devant.

Cassian n'est pas très loin derrière elle.

Déterminée à s'en emparer sans perdre de temps, Jyn progresse rapidement vers son objectif. Elle tend la main et arrache la bande à son support.

– Voilà, je l'ai ! se réjouit-elle.

Elle baisse les yeux vers Cassian et manque de lâcher prise.

– Attention ! Ça va ? Jyn !

Elle ne prend pas le temps de répondre et accroche la bande à sa ceinture. Il reste encore à la transmettre à l'Alliance rebelle, et ils ne peuvent pas ressortir par là où ils sont entrés. Il va falloir trouver une autre issue. Alors que Jyn continue à grimper, Cassian lui crie quelque chose. Trois hommes sont apparus par une porte donnant accès aux colonnes situées à l'intérieur de la tour des données. Deux death troopers… et l'homme qui a hanté les cauchemars de son enfance : le directeur Orson Krennic.

Baze a vu bien assez de violence par le passé. Après l'avoir subitement rejetée, il a appris à la canaliser à l'aide de son ami Chirrut. Mais depuis la destruction de Jedha, il a décidé de rouvrir les verrous de sa colère. Il prend un réel plaisir à tirer sur les stormtroopers, à lancer une roquette en direction d'un CB-TT. Malgré tout, il manque quelque chose à sa mission. Créer une diversion, c'est bien mais…

Baze veut faire *souffrir* l'Empire. Sa seule chance d'y arriver réside dans le plan de Jyn, mais, à ses yeux, cette bataille manque cruellement d'action. Enfin, jusqu'au moment où la voix de Bodhi jaillit du comlink de Melshi :

– Melshi ! Réponds-moi ! Je suis branché de mon côté. Il ne me manque plus qu'une connexion.

Cette nouvelle revigore Baze. Ils n'ont pas fait tout ça pour rien. Jyn et Cassian ont réussi !

– Attends, dit Melshi. Le commutateur… Là-bas ! Près de la console !

Le sergent a déjà essayé de l'atteindre, mais les tirs des stormtroopers ne leur laissent pas de répit, ni même un centimètre pour avancer.

Le lieutenant Sefla, un homme impressionnant d'humilité et de bonté, se redresse et se lance.

– J'y vais !

Il ne fait que quelques pas avant d'être abattu.

À son tour, Melshi se prépare, puis se jette à découvert. Il va plus loin que Sefla, mais s'écroule aussi avant d'avoir atteint sa cible.

Baze ne sait plus quoi faire. Avant qu'il puisse proposer quelque chose, Chirrut se lève et se met à scander :

– Je fais corps avec la Force, la Force est avec moi.

Il fait un pas en avant et se dirige lentement vers le commutateur.

– Je fais corps avec la Force, et la Force est avec moi, répète-t-il en boucle.

– Chirrut ! s'écrie Baze.

Le moine marche à grandes enjambées, comme s'il traversait la rue, évitant miraculeusement les tirs qu'il ne voit même pas.

– Chirrut ! Reviens !

Baze est persuadé que la chance de son ami va finir par tourner. Il ne pourra jamais atteindre le commutateur ! Et pourtant, Chirrut continue de progresser.

Une fois la console atteinte, il cherche le commutateur à tâtons, puis, lorsqu'il l'a trouvé, appuie dessus de tout son poids.

CHAPITRE 19

À bord de la navette volée, Bodhi voit une lumière rouge s'éclairer, indiquant que la ligne de communications avec la flotte rebelle est ouverte. Il allume la radio et parle d'une voix aussi claire que possible :

– Rogue One à tous les vaisseaux de l'Alliance, si vous m'entendez, répondez.

Aucune réponse. A-t-il oublié quelque chose ?

Il essaie encore :

– À tous les vaisseaux de l'Alliance, ici Rogue One, répondez !

La radio grésille, et une voix rocailleuse se fait entendre :

– Ici l'amiral Raddus, Rogue One, je vous écoute.

Bodhi a envie de pleurer de joie. Il rit de soulagement.

– Ça y est, Jyn et Cassian ont les plans de l'arme secrète. Ils vont vous les transmettre par la tour des communications. Mais il faut que vous enfonciez la porte. C'est impératif pour qu'on puisse vous les envoyer.

– Envoyez une corvette Hammerhead ; j'ai une idée ! ordonne l'amiral à quelqu'un derrière lui. Restez à l'écoute, Rogue One, on s'en occupe.

Bodhi scrute le ciel pour essayer de suivre ce qui va se passer. Il se concentre sur la porte du bouclier, espérant voir les choses évoluer. Après quelques instants, il distingue une lumière éblouissante, comme une explosion. À travers une brèche de cette taille dans le bouclier, le signal va pouvoir passer !

Le pilote esquisse un sourire.

– C'est pour vous, Galen !

Soudain, il entend quelque chose rouler dans la cabine de la navette. Quelqu'un a dû entrer

dans la soute et jeter l'objet derrière lui. Il se retourne, déjà horrifié par ce qu'il va découvrir.

En effet, c'est une grenade qui vient de rouler à ses pieds. La détonation ne lui laisse même pas le temps de crier.

Baze fixe son ami avec horreur. Le moine a accompli sa mission, mais il est toujours dans la zone de tirs.

– Chirrut ! Reviens !

Mais la chance de l'aveugle a finalement tourné, et il ne fait que deux pas avant qu'une grenade le projette dans les airs.

Baze se précipite vers son ami et tombe à genoux à ses côtés. Il lui prend la main.

– Chirrut ! Reste avec moi… Je suis là ! Je suis là !

– Tout va bien, essaie de le consoler le moine. Cherche la Force, et tu me trouveras nécessairement…

À ces mots, Chirrut s'affaisse, et le souffle de la vie le quitte.

Baze relève les yeux et voit la navette cargo Rogue One partir subitement en fumée.

Bodhi a-t-il eu le temps de transmettre son message ?

Il décide que ça n'a plus d'importance. Les stormtroopers ont tué Chirrut, l'ultime personne de la galaxie à laquelle il tenait réellement. Il a bien l'intention de les faire payer.

Se relevant, Baze se met à tirer sur tout ce qui porte l'armure impériale. Et d'une voix forte, il scande le mantra qui n'a pas franchi la barrière de ses lèvres depuis une éternité :

– Je fais corps avec la Force, et la Force est avec moi.

Plutôt que de courir se mettre à l'abri, Baze marche droit sur les stormtroopers. À chaque pas, il tire encore et encore, déchaînant un déluge de feu laser avec son blaster à répétition. Il a bien l'intention d'utiliser jusqu'aux dernières munitions entassées dans son sac à dos.

Des stormtroopers s'écroulent à sa gauche, à sa droite et au centre. Mais ils sont trop nombreux, même pour un homme investi d'une noble mission, et un tir ennemi le jette au sol.

Il refuse d'abandonner. Serrant les dents, il se relève et reprend sa marche sans cesser de tirer. La Force est avec lui.

Un death trooper accroupi échappe néanmoins à sa vigilance, et l'homme lance une grenade vers le ciel. Elle atterrit tout près de Baze.

Il voudrait la ramasser et la lui renvoyer, mais sa blessure l'en empêche. Il ne peut pas courir non plus. Il adresse un dernier regard à Chirrut, convaincu qu'ils seront bientôt réunis dans la Force.

La déflagration de l'explosion est la dernière chose qu'il entend.

À la vue de Krennic, Jyn accélère. Le sommet de la tour n'est pas si loin. Elle n'a plus qu'à l'atteindre pour s'échapper.

Cassian, lui, dégaine son blaster et fait feu sur leurs assaillants. Il parvient à abattre un death trooper, mais Krennic et l'autre soldat ripostent.

– Continue ! Continue ! crie-t-il à Jyn.

Elle s'exécute et gagne de l'altitude. Mais

lorsqu'elle baisse les yeux sur Cassian, elle voit le rebelle être touché et tomber dans le vide.

– Cassian !

Elle n'a pas le temps de pleurer son ami. Il faut qu'elle se hisse assez haut pour ne plus être à la portée des tirs de Krennic. Lorsqu'elle atteint les conduits d'aération du sommet de la tour, elle voit les valves d'acier s'ouvrir et se refermer vivement. Concentrée sur celle qui se trouve juste au-dessus d'elle, Jyn l'observe s'ouvrir et se refermer plusieurs fois afin de s'imprégner de son rythme.

Puis, quand elle se sent prête, elle saute.

Une fois la valve passée, Jyn se fraie un chemin jusqu'au sommet de la tour. Au-dessus de sa tête, la bataille fait rage entre les chasseurs de l'Alliance et ceux de l'Empire.

Elle repère l'unité de contrôle à une extrémité du toit de la tour. C'est grâce à elle et à son immense antenne qu'elle va pouvoir transmettre les plans à la flotte rebelle. Après avoir couru jusqu'à l'unité, Jyn y introduit la bande.

Un écran se met à clignoter, et une voix robotisée scande :

– Recalage alignement antenne. Recalage alignement antenne.

Sur l'écran, un diagramme lui indique comment réparer l'antenne située au bout d'un portique surplombant le vide. Elle s'élance vers la structure sans perdre un instant.

Au bout du portique, Jyn trouve une série de commandes et tourne le commutateur qui doit réaligner la parabole.

– Parabole calée, annonce la voix. Prête à émettre.

Jyn manque de sauter de joie, mais son travail n'est pas fini. Il lui faut encore retourner à l'unité de contrôle et appuyer sur le bouton pour envoyer les plans.

Mais un Striker TIE la repère, seule et vulnérable, et plonge sur elle en tirant. Elle fait volte-face et court jusqu'au toit de la tour. Elle parvient à éviter les tirs, mais le portique s'effondre et l'emporte avec lui dans sa chute.

Le Grand Moff Tarkin arrive au-dessus de Scarif à bord de l'Étoile de la Mort.

Le général Romodi observe son supérieur depuis le pont.

– Dois-je prendre leur flotte pour cible, monsieur le gouverneur ?

– Le seigneur Vador s'occupe de leur flotte. Les plans ne doivent quitter Scarif à aucun prix.

– Bien, monsieur.

Vador arrivera bientôt, et son Destroyer Stellaire et lui suffiront amplement pour balayer ce qui reste de la flotte rebelle.

Pendant ce temps, Tarkin saura utiliser l'Étoile de la Mort à bon escient.

Il baisse les yeux sur Scarif. Un endroit si beau, qu'il sera l'un des derniers à avoir admiré…

– Faites feu dès que vous serez prêts, ordonne-t-il à Romodi.

CHAPITRE 20

De la fumée s'élève de la tour, et le pilote du Striker TIE, satisfait, part à la recherche d'une nouvelle cible. Ce qu'il ignore, c'est que, dissimulée par les volutes noires, Jyn s'agrippe encore à la structure endommagée. Péniblement, elle se hisse à nouveau sur le toit de la tour et, à cet instant, voit l'Étoile de la Mort apparaître dans le ciel.

Encore plus grosse qu'une lune, elle menace la planète de son ombre, et Jyn sait pertinemment ce que son arrivée signifie. Elle a déjà vu de quoi elle était capable.

Scarif et tous ses habitants sont condamnés.

C'est alors que le directeur Krennic émerge d'une colonne de fumée devant elle.

– Mais qui es-tu ? rugit-il.

– Tu me connais. Je suis Jyn Erso. La fille de Galen et Lyra.

Krennic dévisage en clignant des yeux la petite fille qui lui avait échappé sur Lah'mu, des années plus tôt.

Jyn ne peut pas laisser cet homme croire qu'il a gagné. Elle n'a peut-être pas réussi à transmettre les plans de l'Étoile de la Mort à l'Alliance, mais Krennic l'ignore, *lui*.

– Vous avez perdu, ajoute-t-elle avec aplomb.

– Ah oui ? Tu es sûre de ce que tu avances ?

– Mon père s'est vengé. Il a saboté l'Étoile de la Mort. Il a implanté un détonateur au cœur de votre machine… Et je viens d'indiquer à toute la galaxie comment la détruire.

Krennic secoue la tête.

– Ce que tu oublies, c'est qu'il y a un bouclier. Ton message ne parviendra jamais à la base rebelle. Toute votre flotte sera bientôt anéantie, et vous m'aurez seulement fait perdre du temps. Mais toi, en revanche, tu seras morte avec la Rébellion.

Jyn est prête à mourir. Mais comme ça ? Tuée par celui qui a fait fusiller sa mère et capturer son père ? Avant d'avoir pu transmettre les plans ?

Elle entend une déflagration et, l'espace d'un instant, s'étonne de ne ressentir aucune douleur. Puis Krennic s'écroule.

Derrière l'Impérial se trouve Cassian, son blaster à la main. Il a survécu à sa chute. Jyn voudrait lui dire à quel point elle est soulagée, mais elle a une chose urgente à terminer.

Courant vers la console, elle saisit le levier de transmission et l'abaisse. L'écran affiche les données sur le point d'être envoyées.

— Transmission, annonce une voix.

Ils ont réussi ! Jyn se tourne vers Cassian et lui adresse son plus beau sourire.

Elle glisse son bras sous celui du rebelle. Il peut à peine marcher, mais ensemble, ils parviennent à rejoindre l'ascenseur à bord duquel Krennic est monté.

– Tu crois qu'il y a quelqu'un qui écoute ? demande Cassian.

– Oui, je suis sûre qu'il y a quelqu'un... murmure-t-elle en contemplant le ciel.

– Transmission reçue, annonce l'ordinateur des communications d'un croiseur rebelle.

Le lieutenant situé devant le poste se retourne vers son supérieur.

– Amiral ! Nous avons les plans !

– Elle a réussi ! s'exclame Raddus, radieux.

Leur tentative désespérée aura fini par payer ! Hélas, il n'y a plus rien à faire pour les braves soldats qui ont dérobé ces plans pour eux.

Sous les yeux de l'amiral apparaissent des points de lumière verte tout autour de la parabole de l'Étoile de la Mort.

Les points se transforment en rayons convergents, puis les fins lasers fusionnent pour n'en former plus qu'un : un rayon gigantesque de destruction massive dirigé droit vers la planète.

Le tir transperce le bouclier, puis percute la surface de la planète. Horrifiés, Raddus et le reste de la flotte rebelle assistent à la scène, impuissants.

– Rogue One, chuchote Raddus, que la Force soit avec vous.

Puis il se tourne vers son équipe et ajoute :

– Ordre à tous les vaisseaux : préparez le saut dans l'hyperespace !

Certains appareils parviennent à s'échapper sans problème. Mais avant que tous aient cette chance, un nouveau vaisseau apparaît.

Raddus le reconnaît immédiatement. Il s'agit du Destroyer Stellaire du bras droit de l'Empereur, Dark Vador.

Le destroyer ouvre aussitôt le feu. Le tir de barrage frappe le vaisseau de Raddus de plein fouet. Ses moteurs sont endommagés et son hyperdrive hors service. Il n'ira nulle part.

Tandis que le vaisseau de Vador approche, Raddus cherche un moyen de transmettre les plans à Yavin 4, où l'Alliance rebelle pourra les étudier.

Il ne vivra sans doute pas pour voir ça, mais la Rébellion, elle, a encore une chance de survivre.

Jyn et Cassian parviennent à sortir de la tour sans que personne cherche à les arrêter. Les soldats rebelles sont tous morts. Sur la plateforme 9, des flammes s'élèvent encore de leur cargo volé.

Clopin-clopant, les deux rebelles avancent jusqu'à une plage immaculée. Lorsqu'ils atteignent le bord de l'eau, les jambes de Cassian se dérobent, et il tombe sur le sable.

Jyn s'agenouille près de lui, et ils échangent des sourires fatigués. Cassian contemple l'eau et, à l'horizon, la vague de destruction qui fonce droit sur eux.

Les deux amis se donnent la main, puis tombent dans les bras l'un de l'autre, en attendant la fin.

– Ton père aurait été fier de toi, Jyn, lui souffle Cassian.

Voilà exactement ce qu'elle a besoin d'entendre à ce moment précis. Ils ont rempli leur mission avec succès. Et leurs efforts aideront peut-être la Rébellion à détruire l'Empire.

Le rayon vert est de plus en plus éblouissant. Il continue de s'approcher, suivi de son sillon de destruction. Et juste avant que la déflagration l'engloutisse, Jyn contemple les couleurs qui s'estompent pour laisser place à une lumière blanche.

À bord du croiseur rebelle, un membre de l'équipage télécharge les plans de l'Étoile de la Mort sur une datacarte, puis quitte le pont au pas de course pour accomplir la mission que lui a confiée Raddus.

Les coursives du vaisseau grouillent de soldats qui courent en tous sens. Le Destroyer Stellaire de Dark Vador s'est déjà arrimé le long du croiseur et ce n'est plus qu'une question de minutes avant que son équipe d'abordage perce la coque.

L'homme portant les plans tombe sur une porte de sécurité verrouillée. Normalement, il aurait fait demi-tour pour trouver un autre chemin, mais le temps lui est compté. Il frappe contre la porte afin que quelqu'un lui ouvre, mais le mécanisme reste bloqué. Aidé par les soldats qui l'accompagnent, il tente de forcer l'ouverture. De l'autre côté, les rebelles en font autant.

C'est alors que Dark Vador entre dans le couloir.

L'homme qui porte les plans entend d'abord son horrible respiration, puis, tournant la tête, voit apparaître la lame rouge de son sabre laser.

Certains de ceux qui l'accompagnent se mettent à tirer, mais le seigneur Sith pare tous les coups avec sa lame. Puis il tend la main, et une force invisible désarme l'un des soldats rebelles.

Galvanisé par la terreur, l'homme parvient à entrouvrir légèrement la porte. Il glisse la datacarte par l'ouverture. Quelqu'un l'attrape de l'autre côté et s'enfuit.

Le seigneur Sith éprouve beaucoup moins de difficultés à enfoncer la porte bloquée.

Le rebelle qui a récupéré la datacarte – Toshma Jefkin – fonce à travers les couloirs du vaisseau jusqu'à la baie d'accostage, où il embarque dans un forceur de blocus alderaanien appelé le *Tantive IV*.

À peine a-t-il grimpé à bord que le vaisseau décolle et file vers l'espace. Hors d'haleine, Toshma tend la datacarte à une femme, qui, à son tour, la remet au capitaine du vaisseau, Raymus Antilles, heureux d'être un instant le gardien du précieux document.

– Vérifiez l'étanchéité des sas, ordonne-t-il à ses jeunes officiers sur le pont. Et préparez les capsules de sauvetage.

Raymus s'approche alors d'une jeune femme vêtue d'une simple tunique blanche.

– Votre Altesse, dit-il en lui présentant la carte. Les documents que nous avons reçus.

La fille de Bail Organa, la princesse Leia, se retourne pour prendre la datacarte et l'examine, le regard déterminé.

– Que nous ont-ils transmis ? demande Raymus, incapable de réprimer sa curiosité.

En d'autres termes, qu'est-ce que l'amiral Raddus leur a ordonné de remettre à tout prix au haut conseil ?

La princesse lève les yeux vers lui. Son regard noir s'illumine, et elle résume le contenu du document en un seul mot :

– L'espoir.

FIN

TABLE DES MATIÈRES

PAPIER À BASE DE
FIBRES CERTIFIÉES

hachette s'engage pour
l'environnement en réduisant
l'empreinte carbone de ses livres.
Celle de cet exemplaire est de :
600g éq. CO_2
Rendez-vous sur
www.hachette-durable.fr

Photogravure Nord Compo - Villeneuve-d'Ascq

Imprimé en Roumanie par G. Canale & C. S.A.
Dépôt légal : avril 2017
Achevé d'imprimer : mars 2017
89.3151.4/01 – ISBN 978-2-01-702090-5
Loi n° 49956 du 16 juillet 1949
sur les publications destinées à la jeunesse